人生就是身不由己地东奔西跑

老舍 著

四川大学出版社
SICHUAN UNIVERSITY PRESS

图书在版编目（CIP）数据

人生就是身不由己地东奔西跑 / 老舍著. -- 成都 :
四川大学出版社, 2024. 7. -- ISBN 978-7-5690-7042-2
Ⅰ. I246.7
中国国家版本馆 CIP 数据核字第 2024ZB9131 号

书　　名：人生就是身不由己地东奔西跑
　　　　　Rensheng Jiushi Shenbuyouji de Dongben-xipao
著　　者：老舍

责任编辑：廖莅峰
责任校对：朱兰双
装帧设计：曾冯璇
责任印制：王　炜

出版发行：四川大学出版社有限责任公司
　　　　　地址：成都市一环路南一段 24 号（610065）
　　　　　电话：（028）85408311（发行部）、85400276（总编室）
　　　　　电子邮箱：scupress@vip.163.com
　　　　　网址：https://press.scu.edu.cn
印前制作：人天兀鲁思（北京）文化传媒有限公司
印刷装订：北京文昌阁彩色印刷有限责任公司

成品尺寸：145mm×210mm
印　　张：7.25
字　　数：126 千字

版　　次：2024 年 7 月 第 1 版
印　　次：2024 年 7 月 第 1 次印刷
印　　数：1-3000 册
定　　价：68.00 元

本社图书如有印装质量问题，请联系发行部调换

扫码获取数字资源

四川大学出版社
微信公众号

目 录

铁牛和病鸭

王明远的乳名叫“铁柱子”。在学校里他是“铁牛”。好像他总离不开铁。这个家伙也真是有点“铁”。大概他是不大爱吃石头罢了；真要吃上几块的话，那一定也会照常的消化。

他的浑身上下，看哪儿有哪儿，整像匹名马。他可比名马还泼辣一些，既不娇贵，又没脾气。一年到头，他老笑着。两排牙，齐整洁白，像个小孩儿的。可是由他说话的时候看，他的嘴动得那么有力量，你会承认这两排牙，看着那么白嫩好玩，实在能啃碎石头子儿。

认识他的人们都知道这么一句——老王也得咧嘴。这是形容一件最累人的事。王铁牛几乎不懂什么叫累得慌。他要是咧了嘴，别人就不用想干了。

铁牛不念《红楼梦》——“受不了那套妞儿气！”他永

远不闹小脾气，真的。“看看这个，”他把袖子搂到肘部，敲着筋粗肉满的胳臂，“这么粗的小棒锤，还闹小性，羞不羞？”顺势砸自己的胸口两拳，咚咚的响。

他有个志愿，要和和平平的作点大事。他的意思大概是说，作点对别人有益的事，而且要自自然然作成，既不锣鼓喧天，也不杀人流血。

由他的谈吐举动上看，谁也看不出他曾留过洋，念过整本的洋书，他说话的时候永不夹杂着洋字。他看见洋餐就挠头，虽然请他吃，他也吃得不比别人少。不服洋服，不会跳舞，不因为街上脏而堵上鼻子，不必一定吃美国橘子。总而言之，他既不闹中国脾气，也不闹外国脾气。比如看电影，《火烧红莲寺》和《三剑客》，对他，并没有多少分别。除了“妞儿气”的片子，都“不坏”。

他是学农的。这与他那个“和和平平的作点大事”颇有关系。他的态度大致是这样：无论政治上怎样革命，人反正得吃饭。农业改良是件大事。他不对人们用农学上的专名词；他研究的是农业，所以心中想的是农民，他的感情把研究室的工作与农民的生活联成一气。他不自居为学者。遇上好转文的人，他有句善意的玩笑话：“好不好由武松打虎说起？”

《水浒传》是他的“文学”。

自从留学回来，他就在一个官办的农场作选种的研究与试验。这个农场的成立，本是由几个开明官儿偶然灵机一动，想要关心民瘼，所以经费永远没有一定的着落。场长呢，是照例每七八个月换一位，好像场长的来去与气候有关系似的。这些来来往往的场长们，人物不同，可是风格极相似，颇似秀才们作的八股儿。他们都是咧着嘴来，咧着嘴去，设若不是“场长”二字在履历上有点作用，他们似乎还应当痛哭一番。场长既是来熬资格，自然还有愿在他们手下熬更小一些资格的人。所以农场虽成立多年，农场试验可并没有作过。要是有的话，就是铁牛自己那点事儿。

为他，这个农场在用人上开了个官界所不许的例子——场长到任，照例不撤换铁牛。这已有五六年的样子了。

铁牛不大记得场长们的姓名，可是他知道怎样央告场长。在他心中，场长，不管姓甚名谁，是必须央告的。“我的试验需要长的时间。我爱我的工作。能不撤换我，是感激不尽的！请看看我的工作来，请来看看！”场长当然是不去看的；提到经费的困难；铁牛请场长放心，“减薪我也乐意干，我爱这个工作！”场长手下的人怎么安置呢？铁牛也有办法：“只要准我在这儿工作，名义倒不拘。”薪水真减了，他照常的工作，而且作得颇高兴。

可有一回，他几乎落了泪。场长无论如何非撤他不可。可是头天免了职，第二天他照常去作试验，并且拉着场长去看他的工作：“场长，这是我的命！再有些日子，我必能得到好成绩；这不是一天半天能作成的。请准我上这里作试验好了，什么我也不要。到别处去，我得从头另作，前功尽弃。况且我和这个地方有了感情，这里的一切是我的手，我的脚。我永不对它们发脾气，它们也老爱我。这些标本，这些仪器，都是我的好朋友！”他笑着，眼角里有个泪珠。耶稣收税吏作门徒[①]必是真事，要不然场长怎会心一软，又留下了铁牛呢？从此以后，他的地位稳固多了，虽然每次减薪，他还是跑不了。“你就是把钱都减了去，反正你减不去铁牛！”他对知己的朋友总这样说。

他虽不记得场长们的姓名，他们可是记住了他的。在他们天良偶尔发现的时候，他们便想起铁牛。因此，很有几位场长在高升了之后，偶尔凭良心作某件事，便不由的想“借重”

---

① 耶稣收税吏作门徒，见《新约·马太福音》第九章第九节至十三节。

铁牛一下，向他打个招呼。铁牛对这种“抬爱”老回答这么一句：“谢谢善意，可是我爱我的工作，这是我的命！”他不能离开那个农场，正像小孩离不开母亲。

为维持农场的存在，总得作点什么给人们瞧瞧，所以每年必开一次农品展览会。职员们在开会以前，对铁牛特别的和气。“王先生，多偏劳！开完会请你吃饭！”吃饭不吃饭，铁牛倒不在乎；这是和农民与社会接触的好机会。他忙开了：征集，编制，陈列，讲演，招待，全是他，累得“四脖子汗流”。有的职员在旁边看着，有点不大好意思。所以过来指摘出点毛病，以便表示他们虽没动手，可是眼睛没闲着。铁牛一边擦汗一边道歉：“幸亏你告诉我！幸亏你告诉我！”对于来参观的农民，他只恨长着一张嘴，没法儿给人人掰开揉碎的讲。

有长官们坐在中间，好像兔儿爷摊子的开会纪念像片里，十回有九回没铁牛。他顾不得照像。这一点，有些职员实在是佩服了他。所以会开完了，总有几位过来招呼一声：“你可真累了，这两天！”铁牛笑得像小姑娘穿新鞋似的：“不累，一年才开一次会，还能说累？”

因此，好朋友有时候对他说，“你也太好脾性了，老王！”

他笑着，似乎是要害羞：“左不是多卖点力气，好在身体棒。”他又搂起袖子来，展览他的胳臂。他决听不出朋友那句话是有不满而故意欺侮他的意思。他自己的话永远是从正面说，所以想不到别人会说偏锋话。有的时候招得朋友不能不给他解释一下，他这才听明白。可是“谁有工夫想那么些个弯子！我告诉你，我的头一放在枕头上，就睡得像个球；要是心中老绕弯儿，怎能睡得着？人就仗着身体棒；身体棒，睁开眼就唱。”他笑开了。

铁牛的同学李文也是个学农的。李文的腿很短，嘴很长，脸很瘦，心眼很多。被同学们封为“病鸭”。病鸭是牢骚的结晶，袋中老带着点“补丸”之类的小药，未曾吃饭先叹口气。他很热心的研究农学，而且深信改良农事是最要紧的。可是他始终没有成绩。他倒不愁得不到地位，而是事事人人总跟他闹别扭。就了一个事，至多半年就得散伙。即使事事人人都很顺心，他所坐的椅子，或头上戴的帽子，或作试验用的器具，总会跟他捣乱；于是他不能继续工作。世界上好像没有给他预备下一个可爱的东西，一个顺眼的地方，一个可以交往的人；他只看他自己好，而人人事事和样样东西都跟他过不去。不是他作不出成绩来，是到处受人们的排挤，没法子再作下去。

比如他刚要动手作工，旁边有位先生说了句："天很冷啊！"于是他的脑中转开了螺丝：什么意思呢，这句话？是不是说我刚才没有把门关严呢？他没法安心工作下去。受了欺侮是不能再作工的。早晚他要报复这个，可是马上就得想办法，他和这位说天气太冷的先生势不两立。

他有时候也能交下一两位朋友，可是交过了三个月，他开始怀疑，然后更进一步去试探，结果是看出许多破绽，连朋友那天穿了件蓝大衫都有作用。三几个月的交情于是吵散。一来二去，他不再想交友。他慢慢把人分成三等，一等是比他位分高的，一等是比他矮的，一等是和他一样儿高的。他也决定了，他可以成功，假如他能只交比他高的人，不理和他肩膀齐的，管辖着役使着比他矮的。"人"既选定，对"事"便也有了办法。"拿过来"成了他的口号。非自己拿到一种或多种事业，终身便一无所成。拿过来自己办，才能不受别人的气。拿过来自己办，椅子要是成心捣乱，砸碎了兔崽子！非这样不可，他是热心于改良农事的；不能因受闲气而抛弃了一生的事业；打算不受闲气，自己得站在高处。

有志者事竟成，几年的工夫他成了个重要的人物，"拿过来"不少的事业。原先本是想拿过来便去由自己作，可是既拿过来一样，还觉得不稳固。还有斜眼看他的人呢！于是再去拿。越拿越多，越多越复杂，各处的椅子不同，一种椅子有一种气人的办法。他要统一椅子都得费许多时间。因此，每拿过来一个地方，他先把椅子都漆白了，为是省得有污点不易看见。椅子倒是都漆白了，别的呢？他不能太累了，虽然小药老在袋中，到底应当珍惜自己；世界上就是这样，除了你自己爱你自己，别人不会关心。

他和铁牛有好几年没见了。

正赶上开农业学会年会。堂中坐满了农业专家。台上正当中坐着病鸭，头发挺长，脸色灰绿，长嘴放在胸前，眼睛时开时闭，活像个半睡的鸭子。他自己当然不承认是个鸭子；时开时闭的眼，大有不屑于多看台下那群人的意思。他明知道他们的学问比他强，可是他坐在台上，他们坐在台下；无论怎说，他是个人物，学问不学问的，他们不过是些小兵小将。他是主席，到底他是主人。他不能不觉着得意，可是还要露出有涵养，所以眼睛不能老睁着，好像天下最不要紧的事就是作主席。可是，眼睛也不能老闭着，也得留神下边有斜眼看他的人没有。假如有的话，得设法收拾他。就是在这么一睁眼的工夫，他看见了铁牛。

铁牛仿佛不是来赴会，而是料理自家的丧事或喜事呢。出来进去，好似世上就忙了他一个人了。

有人在台上宣读论文。病鸭的眼闭死了，每隔一分多钟点一次头，他表示对论文的欣赏，其实他是琢磨铁牛呢。他不愿承认他和铁牛同过学，他在台上闭目养神，铁牛在台下当“碎催”，好像他们不能作过学友；现在距离这么远，原先也似乎相离不应当那么近。他又不能不承认铁牛确是他的同学，这使他很难堪：是可怜铁牛好呢，还是夸奖自己好呢？铁牛是不是看见了他而故意的躲着他？或者也许铁牛自惭形秽不敢上前？是不是他应当显着大度包容而先招呼铁牛？他不能决定，而越发觉得“同学”是件别扭事。

台下一阵掌声，主席睁开了眼。到了休息的时间。

病鸭走到会场的门口，迎面碰上了铁牛。病鸭刚看见他，便赶紧拿着尺寸一低头，理铁牛不理呢？得想一想。可是他还没想出主意，就觉出右手像掩在门缝里那么疼了一阵。一抽手的工夫，他听见了：“老李！还是这么瘦？老李——”

病鸭把手藏在衣袋里，去暗中舒展舒展；翻眼看了铁牛一下，牛脸上的笑意像个开花弹似的，从脸上射到空中。病鸭一时找不到相当的话说。他觉得铁牛有点过于亲热。可又觉得他或者没有什么恶意——“还是这么瘦”打动了自怜的心，急于找话说，往往就说了不负责任的话。“老王，跟我吃饭去吧？”说完很后悔，只希望对方客气一下。可是铁牛点了头。病鸭脸上的绿色加深了些。“几年没有见了，咱们得谈一谈！”铁牛这个家伙是赏不得脸的。

两个老同学一块儿吃饭，在铁牛看，是最有意思的。病鸭可不这样看——两个人吵起来才没法下台呢！他并不希望吵，可是朋友到一块儿，有时候不由的不吵。脑子里一转弯，不能不吵；谁还能禁止得住脑子转弯？

铁牛是看见什么吃什么，病鸭要了不少的菜。病鸭自己可是不吃，他的筷子只偶尔的夹起一小块锅贴豆腐。“我只能吃点豆腐，”他说。他把“豆腐”两个字说得不像国音，也不像任何方音，听着怪像是外国字。他有好些字这么说出来。表示他是走南闯北，自己另制了一份儿“国语”。

“哎？”铁牛听不懂这两个字。继而一看他夹的是豆腐，才明白过来：“咱可不行；豆腐要是加上点牛肉或者还沉重点儿。我说，老李，你得注意身体呀。那么瘦还行？”

太过火了！提一回正足以打动自怜的情感。紧自说人家瘦，这是看不起人！病鸭的脑子里皱上了眉。不便往下接着说，换换题目吧：

“老王，这几年净在哪儿呢？”

“——农场，不坏的小地方。”

“场长是谁？”

幸而铁牛这回没忘了——“赵次江。”

病鸭微微点了点头，唯恐怕伤了气。“他呀？待你怎样？”

“无所谓，他干他的，我干我的；只希望他别撤换我。”铁牛为是显着和气。也动了一块豆腐。

“拿过来好了。”病鸭觉得说了这半天，只有这一句还痛快些。“老王，你干吧！”

“我当然是干哪，我就怕干不下去，前功尽弃。咱们这种工作要是没有长时间，是等于把钱打了水漂儿。”

“我是让你干场长。现成的事，为什么不拿过来？拿过来，你爱怎办怎办；赵次江是什么玩艺！”

“我当场长，”铁牛好像听见了一件奇事。“等过个半年来的，好被别人顶了？”

有点给脸不兜着！病鸭心里默演对话：“你这小子还不晓得李老爷有多大势力？轻看我？你不放心哪，我给你一手儿看看。”他略微一笑，说出声来：“你不干也好，反正咱们把它拿过来好了。咱们有的是人。你帮忙好了。你看看，我说不叫赵次江干，他就干不了！这话可不用对别人说。”

铁牛莫名其妙。

病鸭又补上一句：“你想好了，愿意干呢，我还是把场长给你。”

“我只求能继续作我的试验；别的我不管。”铁牛想不出别的话。

“好吧，”病鸭又“那么”说了这两个字，好像德国人在梦里练习华语呢。

直到年会开完，他们俩没再坐在一块谈什么。从铁牛那面儿说，他觉得病鸭是拿着一点精神病作事呢。“身体弱，见了喜神也不乐。”编好了这么句唱儿，就把病鸭忘了。

铁牛回到农场不久，场长果然换了。新场长对他很客气，头一天到任便请他去谈话：

“王先生，李先生的老同学。请多帮忙，我们得合作。老实不客气的讲，兄弟对于农学是一窍不通。不过呢，和李先生的关系还那个。王先生帮忙就是了，合作，我们合作。”

铁牛想不出，他怎能和个不懂农学的人合作。“精神病！”他想到这么三个字，就顺口说出来。

新场长好像很明白这三个字的意思，脸沉下去："兄弟老实不客气的讲，王先生，这路话以后请少说为是。这倒与我没关系，是为你好。你看，李先生打发我到这儿来的时候，跟我谈了几句那天你怎么与他一同吃饭，说了什么。李先生露出一点意思，好像是说你有不合作的表示。不过他决不因为这个便想——啊，同学的面子总得顾到。请原谅我这样太不客气！据我看呢，大家既是朋友，总得合作。我们对于李先生呢，也理当拥护。自然我们不拥护他，那也没什么。不过是我们——不是李先生——先吃亏罢了。"

铁牛莫名其妙。

新场长到任后第一件事是撤换人，第二件事是把椅子都漆白了。第一件与铁牛无关，因为他没被撤职。第二件可不这样，场长派他办理油饰椅子，因这是李先生视为最重要的事，所以选派铁牛，以表示合作的精神。

铁牛既没那个工夫，又看不出漆刷椅子的重要，所以不管。

新场长告诉了他："我接收你的战书；不过，你既是李先生的同学，我还得留个面子，请李先生自己处置这回事。李先生要是——什么呢，那我可也就爱莫能助了！"

"老李——"铁牛刚一张嘴，被场长给截住：

“你说的是李先生？原谅我这样爽直，李先生大概不甚喜欢你这个‘老李’。”

“好吧，李先生知道我的工作，他也是学农的。场长就是告诉他，我不管这回事，他自然会晓得我什么不管。假如他真不晓得，他那才真是精神病呢。”铁牛似乎说高了兴：“我一见他的面，就看出来，他的脸是绿的。他不是坏人，我知道他；同学好几年，还能不知道这个？假如他现在变了的话，那一定是因为身体不好。我看见不是一位了，因为身体弱常闹小性。我一见面就劝了他一顿，身体弱，脑子就爱转弯。看我，身体棒，睁开眼就唱。”他哈哈的笑起来。

场长一声没出。

过了一个星期，铁牛被撤了差。

他以为这一定不能是病鸭的主意，因此他并不着慌。他计划好：援据前例，第二天还照常来工作；场长真禁止他进去呢，再找老李——老李当然要维持老同学的。

可是，他临出来的时候，有人来告诉他：“场长交派下来，你要明天是——的话，可别说用巡警抓你。”

他要求见场长，不见。

他又回到试验室，呆呆的坐了半天，几年的心血……

不能，不能是老李的主意，老李也是学农的，还能不明白我的工作的重要？他必定能原谅咱铁牛，即使真得罪了他。什么地方得罪了他呢？想不出来。除非他真是精神病。不能，他那天不是还请我吃饭来着？不论怎着吧，找老李去，他必定能原谅我。

铁牛越这样想越心宽，一见到病鸭，必能回职继续工作。他看着试验室内东西，心中想象着将来的成功——再有一二年，把试验的结果拿到农村去实地应用，该收一个粮的便收两个……和和平平的作了件大事！他到农场去绕了一圈，地里的每一棵谷每一个小木牌，都是他的儿女。回到屋内，给老李写了封顶知己的信，告诉他在某天去见他。把信发了，他觉得已经是一天云雾散。

按着信上规定的时间去见病鸭，病鸭没在家。可是铁牛不肯走，等一等好了。

等到第四个钟头上，来了个仆人："请不用等我们老爷了，刚才来了电话，中途上暴病，入了医院。"

铁牛顾不得去吃饭，一直跑到医院去。

病人不能接见客人。

"什么病呢？"铁牛和门上的人打听。

“没病，我们这儿的病人都没病。”门上的人倒还和气。

“没病干吗住院？”

“那咱们就不晓得了，也别说，他们也多少有点病。”

铁牛托那个人送进张名片。

待了一会，那个人把名片拿起来，上面有几个铅笔写的字：“不用再来，咱们不合作。”

“和和平平的作件大事！”铁牛一边走一面低声的念道。

眼镜

宋修身虽然是学着科学，可是在日常生活上不管什么科学科举的那一套。他相信饭馆里苍蝇都是消过毒的，所以吃芝麻酱拌面的时候不劳手挥目送的瞎讲究。他有对儿近视眼，也有对儿近视镜。可是他除非读书的时候不戴上它们。据老说法：越戴镜子眼越坏。他信这个。得不戴就不戴，譬如走路逛街，或参观运动会的时候，他的镜子是在手里拿着。即使什么也看不见，而且脑袋常常的发晕，那也活该。

他正往学校里走。溜着墙根，省得碰着人；不过有时候踩着狗腿。这回，眼镜盒子是卷在两本厚科学杂志里。他准知道这个办法不保险，所以走几步，站住摸一摸。把镜子丢了，上堂听课才叫抓瞎。况且自己的财力又不充足，买对眼镜说不定就会破产。本打算把盒子放在袋里，可是身上各处的口袋都没有空地方：笔记本，手绢，铅笔，橡皮，两个小瓶，一张吃剩下的烧饼，都占住了地盘。还是这么拿着吧，小心一点好了；好在盒子即使掉在地上也会有响声的。

一拐弯，碰上了个同学。人家招呼他，他自然不好不答应。站住说了几句。来了辆汽车，他本能的往里手一躲，本来没有躲的必要，可是眼力不济，得特别的留神，于是把鼻子按在墙上。汽车和朋友都过去了，他紧赶了几步，怕是迟到。走到了校门，一摸，眼镜盒子没啦！登时头上见了汗。抹回头去找，哪里有个影儿。拐弯的地方，老放着几辆洋车。问拉车的，他们都没看见，好像他们也都是近视眼似的。又往回找到校门，只摸了两手的土。心里算是别扭透了！掏出那块干烧饼狠命的摔在校门上，假如口袋里没这些零碎？假如不是遇上那个臭同学？假如不躲那辆闯丧的汽车？巧！越巧心里越堵得慌！一定是被车夫拾了去，瞪着眼不给，什么世界！天天走熟了的路，掉了东西会连告诉一声都不告诉，而捡起放在自己的袋里？一对近视镜有什么用？

宋修身的鼻子按在墙上的时候，眼镜盒子落在墙根。车夫王四看见了。

王四本想告诉一声，可是一看是“他”，一年到头老溜墙根，没坐过一回车。话到了嘴边，又回去了。汽车刚拐过去，他顺手捡起盒子，放在腰中。

当着别的车夫，不便细看，可是心中不由得很痛快，坐在车上舒舒服服的微笑。

他看见宋修身回来了，满头是汗，怪可怜的。很想拿出来还给他。可是别人都说没看见，自己要是招认了，吃了又吐，怪不好意思的。况且给他也是白给，他还能给点报酬？白叫他拿去，而且还得叫朋友们奚落一场——喝，拾了东西连一声都不出，怕我们抢你的？喝，拾了又白给了人家，真大方？莫若也说没看见。拾了就是拾了，活该。学生反正比拉车的阔。

宋修身往回走，王四拉起车来，搭讪着说，“别这儿耗着啦，东边去搁会儿。”心里可是说，“今儿个咱算票不了啦，连盒子带镜子还不卖个块儿八七的？！”到了个僻静地方，放下车，把盒子掏出来。

好破的盒子，大概换洋火也就是换上一小包。盒子上面的布全磨没了，倒好，油汪汪的，上边还好像粘着点柿子汁儿。打开，眼镜框子还不坏，挺粗挺黑——王四就是不喜欢细铁丝似的那路镜框，看见戴稀软活软的镜框的人，他连“车”也不问一声。用手弹了弹耳插子，不像是铁的，可也不是木头的——许是玳瑁的！他心中一跳。

镜子真脏，往外凸着，上面净是一圈一圈的纹，腻着一圈圈的土，越到镜边上越厚。镜子底下还压着半根火柴。他把火柴划着，扔在地上。从车厢里拿出小破蓝布掸子来。给镜子哈了两口气，开始用掸子布擦。连哈了四次气，镜子才有个样儿；又沾了一回唾沫，才完全擦干净。自己戴了戴，不行，架子太小，戴不上；宋修身本是个小头小脸的人。“卖不出去，连自己戴着玩都不行！”王四未免有点失望。可是继而一想：拉车戴眼镜，不大像样儿；再说，怎能卖不出去呢？

拉着车，找着一个破货摊。“嗐，卖给你这个。”

“不要。”摆摊的人——一个红鼻子黄眼的家伙——连看也没看，虽然他的摊上有许多眼镜，而且有老式绣花的镜套子呢。

王四不想打架，连“妈的真和气！”都没说出声来。

又遇上个挑筐买卖破烂的，“嗐！卖给你这个，玳瑁框子！”

“没见过这样的玳瑁！”挑筐的看了一眼，“干脆要多少钱？”

“干脆你给多少？”王四把镜子递过去。

“二十子儿。”

“什么？”王四把镜子抢回来。

“给得不少。平光好卖，老花镜也好卖；这是近视镜。框子是化学的，说不定挑来挑去就弄碎了；白赔二十枚。”

王四的心凉了，可是还不肯卖；二十子？早知道还送给那个溜墙根的学生呢！

不卖了，他决定第二天把镜子送归原主；也许倒能得几毛钱的报酬。

第二天早晨，王四把车放在拐弯的地方。学校打了钟，溜墙根的近视眼还没来。一直等到十点多，还是没他的影儿。拉了趟买卖，约莫有十二点多了，又特意放回来。学生下了课，只是不见那个近视眼。

宋修身没来上课。

眼镜丢了以后，他来到教室里。虽然坐在前面，黑板上的字还是模糊不清。越看不清，越用力看；下了课，他的脑袋直抽着疼。他越发心里堵得慌。第二堂是算术习题。他把眼差不多贴在纸上，算了两三个题，他的心口直发痒，脑门非常的热。他好像把自己丢失了。平日最欢喜算术，现在他看着那些字码心里起急。心中熟记的那些公式，都加上了点新东西——眼镜，汽车，车夫。公式和懊恼掺杂在一块，把最喜爱的一门功课变成了最讨厌的一些气人的东西。他不能再安坐在课室里，他想跑到空旷的地方去嚷一顿才痛快。平日所不爱想的事，例如生命观等，这时候都在心中冒出来。一个破近视镜，拾去有什么用？可是竟自拾去！经济的压迫，白拾一根劈柴也是好的。不怨那个车夫。虽然想到这个，心中究竟是难过。今天的功课交不上。明天当然还是头疼。配镜子去，作不到。学期开始的时候，只由家中拿来七十几块钱，下俩月的饭费还没有着落。家中打的粮不少，可是卖不出去。想到了父亲，哥哥，一天到头受苦受累，粮可是卖不出去。平日他没工夫想这些问题，也不肯想这些问题；今天，算术的公式好像给它们匀出来点地方。他想不出一个办法，他头一次觉得生命没着落，好像一切稳定的东西都随着眼镜丢了，眼前事事模糊不清。他不想退学，也想不出继续求学的意义。

长极了的一点钟，好容易才过去。下课的钟声好像不和平日一样，好像有点特别的声调，是一种把大家都叫到野地去喊叫的口令。他出了教室，有一股怨气引着他走出校门；第三堂不上了，也没去请假。他就没想到还有什么第三堂，什么请假的规则。

溜着墙根，他什么也没想，又像想着点什么。到了拐弯的地方，他想起眼镜。几个车夫在那儿说话呢，他想再过去问问他们，可是低着头走了过去。

第二天，他没去上课。

王四没有等到那个近视眼。一天的工夫，心老在车厢里——那里有那个破眼镜盒子。不知道为什么老忘不了它。

将要收车的时候，小赵来了。小赵家里开着个小杂货铺，可是他不大管铺子里的事。他的父亲很希望他能管点事，可是叫他管事他就偷钱；儿子还不如伙计可靠呢。小赵的父亲每逢行个人情，或到庙里烧香，必定戴上平光的眼镜——八毛钱在小摊儿上买的。大铺户的掌柜和先生们都戴平光的眼镜，以便在戏馆中，庙会上，表示身分。所以小铺掌柜也不能落伍。小赵并不希望他父亲一病身亡，虽然死了也并没大关系。假如父亲马上死了，他想不出怎样表示出他变成了正式的掌柜，除非他也戴上平光的眼镜。八毛钱买的眼镜，价值不限于八毛。那是掌权立业，袋中老带着几块现洋的象征。

他常和王四们在一块儿。每逢由小铺摸出几毛来，他便和王四们押个宝，或者有时候也去逛个土窑子。车夫们都管他叫“小赵”，除非赌急红了脸才称呼他“少掌柜”，而在这种争斗的时节，他自己也开始觉到身分。平日，他没有什么脾气，对王四们都很“自己”。

“押押？我的庄？”小赵叫他们看了看手中的红而脏的毛票，然后掏出烟卷，吸着。

王四从耳朵上取下半截烟，就着小赵的火儿吸着。

大家都蹲在车后面。

不大一会儿，王四那点铜子全另找到了主人。他脑袋上的筋全不服气的涨起来。想往回捞一捞——“嗐，红眼，借给我几个子儿！”

红眼把手中的铜子押上，押了五道；手中既空，自然不便再回答什么，挤着红眼专等看骰子。

王四想不出招儿来。赌气子立起来，向四外看了看，看有巡警往这里来没有。虽然自己是输了，可是巡警要抓的话，他也跑不了。

小赵赢了，问大家还接着干不。大家还愿意干，可是小赵得借给他们资本。小赵满手是土，把铜子和毛票一齐放在腰里：“别套着烂，要干，拿钱。”

大家快要称呼他“少掌柜”了。卖烧白薯的李六过来了。“每人一块，赵掌柜的给钱！”小赵要宴请众朋友。“这还不离，小赵！”大家围上了白薯挑子。王四也弄了块，深呼吸的吃着。

吃完白薯，王四想起来了：“小赵，给你这个。”从车厢里把眼镜找出来：“别看盒子破，里面有好玩意儿。”

小赵一见眼镜，“掌柜的”在心中放大起来；把没吃完的白薯扔在地上，请了野狗的客。果然是体面的镜子，比父亲的还好。戴上试试。不行，“这是近视镜，戴上发晕！”

“戴惯就好了，”王四笑着说。

“戴惯？为戴它，还得变成近视眼？”小赵觉得不上算，可是又真爱眼镜。试着走了几步。然后，摘下来，看看大家。大家都觉得戴上镜子确是体面。王四领着头说：

“真有个样儿！”

“就是发晕呢！”小赵还不肯撒手它。

“戴惯就好了！”王四觉得只有这一句还像话。

小赵又戴上镜子，看了看天。“不行，还是发晕！”

“你拿着吧，拿着吧。”王四透着很“自己”。“送给你的，我拿着没用。拿着吧，等过二年，你的眼神不这么足了，再戴也就合适了。”

“送给我的？”小赵钉了一句。“真的？操！换个盒子还得好几毛！”

“真送给你，我拿着没用；卖，也不过卖个块儿八七的！”王四更显着“自己”了。

“等我数数，”小赵把毛票都掏出来，给了李六白薯钱。“还有六毛，才他妈的赢了两毛！”

“你还有铜子呢！”有人提醒他一声。

“至多也就有一毛来钱的铜子，”小赵可是没往外掏它们，大家也不就深信他的话。小赵可是并不因为赢得少而不高兴；他的确很欢喜。往常，他每耍必输。输几毛原不算什么，不过被大家拿他当“大头”，有些难堪。今天总算恢复了名誉，虽然连铜子算上才三毛来钱——也许是三毛多，铜子的分量怪沉的吗。“王四，我也不白要你的。看见没？有六毛。你三毛，我三毛，像回事儿不像？”

王四没想到他能给三毛。他既然开通，不妨再挤一下：“把铜子再掏出点来，反正是赢去的。”

“吹！吉祥钱，腰里带着好。明儿个还得跟你们干呢！”小赵觉得明天再来，一定还要赢的。这两天运气必是不坏。

“好啦，三毛。三毛买那么好的镜子！”王四把票子接过来。放在贴肉的小兜里。

“你不是说送给我吗？这小子！”

“好啦，好啦，朋友们过得多，不在乎这个。”

小赵把眼镜放在盒子里，走开。“明儿再干！”走了几步，又把盒子打开。回头看了看，拉车的们并没把眼看着他。把镜子又戴上，眼前成了模糊的一片。可是不肯马上摘下来——戴惯就好了。他觉得王四的话有理。有眼镜不戴，心中难过。况且掌柜们都必须戴镜子的。眼镜，手表，再安上一个金门牙；南岗子的小凤要不跟我才怪呢！

刚一拐弯，猛的听见一声喇叭。他看不清，不知往哪面儿躲。他急于摘镜子……

学校附近，这些日子了，不见了溜墙根的近视学生，不见了小赵，不见了王四。“王四这些日子老在南城搁车，”李六告诉大家。

微神

清明已过了，大概是；海棠花不是都快开齐了吗？今年的节气自然是晚了一些，蝴蝶们还很弱；蜂儿可是一出世就那么挺拔，好像世界确是甜蜜可喜的。天上只有三四块不大也不笨重的白云，燕儿们给白云上钉小黑丁字玩呢。没有什么风，可是柳枝似乎故意的转摆，像逗弄着四外的绿意。田中的晴绿轻轻的上了小山，因为娇弱怕累得慌，似乎是，越高绿色越浅了些；山顶上还是些黄多于绿的纹缕呢。山腰中的树，就是不绿的也显出柔嫩来，山后的蓝天也是暖和的，不然，雁们为何唱着向那边排着队去呢？石凹藏着些怪害羞的三月兰，叶儿还赶不上花朵大。

小山的香味只能闭着眼吸取，省得劳神去找香气的来源，你看，连去年的落叶都怪好闻的。那边有几只小白山羊，叫的声儿恰巧使欣喜不至过度，因为有些悲意。偶尔走过一只来，没长犄角就留下须的小动物，向一块大石发了会儿楞，又颠颠着俏式的小尾巴跑了。

我在山坡上晒太阳，一点思念也没有，可是自然而然的从心中滴下些诗的珠子，滴在胸中的绿海上，没有声响，只有些波纹是走不到腮上便散了的微笑；可是始终也没成功一整句。一个诗的宇宙里，连我自己好似只是诗的什么地方的一个小符号。

越晒越轻松，我体会出蝶翅是怎样的欢欣。我搂着膝，和柳枝同一律动前后左右的微动，柳枝上每一黄绿的小叶都是听着春声的小耳勺儿。有时看看天空，啊，谢谢那块白云，它的边上还有个小燕呢，小得已经快和蓝天化在一处了，像万顷蓝光中的一粒黑痣，我的心灵像要往哪儿飞似的。

远处山坡的小道，像地图上绿的省分里一条黄线。往下看，一大片麦田，地势越来越低，似乎是由山坡上往那边流动呢，直到一片暗绿的松树把它截住，很希望松林那边是个海湾。及至我立起来，往更高处走了几步，看看，不是；那边是些看不甚清的树，树中有些低矮的村舍；一阵小风吹来极细的一声鸡叫。

春晴的远处鸡声有些悲惨，使我不晓得眼前一切是真还是虚，它是梦与真实中间的一道用声音作的金线；我顿时似乎看见了个血红的鸡冠；在心中，村舍中，或是哪儿，有只——希望是雪白的——公鸡。

我又坐下了；不，随便的躺下了。眼留着个小缝收取天上的蓝光，越看越深，越高；同时也往下落着光暖的蓝点，落在我那离心不远的眼睛上。不大一会儿；我便闭上了眼，看着心内的晴空与笑意。

我没睡去，我知道已离梦境不远，但是还听得清清楚楚小鸟的相唤与轻歌。说也奇怪，每逢到似睡非睡的时候，我才看见那块地方——不晓得一定是哪里，可是在入梦以前它老是那个样儿浮在眼前。就管它叫作梦的前方吧。

这块地方并没有多大，没有山，没有海。像一个花园，可又没有清楚的界限。差不多是个不甚规则的三角，三个尖端浸在流动的黑暗里。一角上——我永远先看见它——是一片金黄与大红的花，密密层层的；没有阳光，一片红黄的后面便全是黑暗，可是黑的背景使红黄更加深厚，就好像大黑瓶上画着红牡丹，深厚得至于使美中有一点点恐怖。黑暗的背景，我明白了，使红黄的一片抱住了自己的彩色，不向四外走射一点；况且没有阳光，彩色不飞入空中，而完全贴染在地上。我老先看见这块，一看见它，其余的便不看也会知道的，正好像一看见香山，准知道碧云寺在哪儿藏着呢。

其余的两角，左边是一个斜长的土坡，满盖着灰紫的野花，在不漂亮中有些深厚的力量，或者月光能使那灰的部分多一些银色而显出点诗的灵空；但是我不记得在哪儿有个小月亮。无论怎样，我也不厌恶它。不，我爱这个似乎被霜弄暗了的紫色，像年轻的母亲穿着暗紫长袍。右边的一角是最漂亮的，一个小草房，门前有一架细蔓的月季，满开着单纯的花，全是浅粉的。

设若我的眼由左向右转，灰紫，红黄，浅粉，像是由秋看到初春，时节倒流；生命不但不是由盛而衰，反倒是以玫瑰作香色双艳的结束。

三角的中间是一片绿草，深绿，软厚，微湿；每一短叶都向上挺着，似乎是听着远处的雨声。没有一点风，没有一个飞动的小虫；一个鬼艳的小世界，活着的只有颜色。

在真实的经验中，我没见过这么个境界。可是它永远存在，在我的梦前。英格兰的深绿，苏格兰的紫草小山，德国黑林的幽晦，或者是它的祖先们，但是谁准知道呢。从赤道附近的浓艳中减去阳光，也有点像它，但是它又没有虹样的蛇与五彩的禽，算了吧，反正我认识它。

我看见它多少多少次了。它和“山高月小，水落石出，”是我心中的一对画屏。可是我没到那个小房里去过。我不是被那些颜色吸引得不动一动，便是由它的草地上恍惚的走入另种色彩的梦境。它是我常遇到的朋友，彼此连姓名都晓得，只是没细细谈过心。我不晓得它的中心是什么颜色的，是含着一点什么神秘的音乐——真希望有点响动！

这次我决定了去探险。

一想到了月季花下，或也因为怕听我自己的足音？月季花对于我是有些端阳前后的暗示，我希望在哪儿贴着张深黄纸，印着个朱红的判官，在两束香艾的中间。没有。只在我心中听见了声“樱桃”的吆喝。这个地方是太静了。

小房子的门闭着。窗上门上都挡着牙白的帘儿，并没有花影，因为阳光不足。里边什么动静也没有，好像它是寂寞的发源地。轻轻的推开门，静寂与整洁双双的欢迎我进去，是，欢迎我；室中的一切是“人”的，假如外面景物是“鬼”的——希望我没用上过于强烈的字。

一大间，用幔帐截成一大一小的两间。幔帐也是牙白的，上面绣着些小蝴蝶。外间只有一条长案，一个小椭圆桌儿，一把椅子，全是暗草色的，没有油饰过。椅上的小垫是浅绿的，桌上有几本书。案上有一盆小松，两方古铜镜，锈色比小松浅些。内间有一个小床，罩着一块快垂到地上的绿毯。床首悬着一个小篮，有些快干的茉莉花。地上铺着一块长方的蒲垫，垫的旁边放着双绣白花的小绿拖鞋。

我的心跳起来了！我决不是入了济慈的复杂而光灿的诗境；平淡朴美是此处的音调，也决不是辜勒律芝的幻境，因为我认识那只绣着白花的小绿拖鞋。

爱情的故事永远是平凡的，正如春雨秋霜那样平凡。可是平凡的人们偏爱在这些平凡的事中找些诗意；那么，想必是世界上多数的事物是更缺乏色彩的；可怜的人们！希望我的故事也有些应有的趣味吧。

没有像那一回那么美的了。我说“那一回”，因为在那一天那一会儿的一切都是美的。她家中的那株海棠花正开成一个大粉白的雪球；沿墙的细竹刚拔出新笋；天上一片娇晴；她的父母都没在家；大白猫在花下酣睡。听见我来了，她像燕儿似的从帘下飞出来；没顾得换鞋，脚下一双小绿拖鞋像两片嫩绿的叶儿。她喜欢得像晨起的阳光，腮上的两片苹果比往常红着许多倍，似乎有两颗香红的心在脸上开了两个小井，溢着红润的胭脂泉。那时她还梳着长黑辫。

她父母在家的时候，她只能隔着窗儿望我一望，或是设法在我走去的时节，和我笑一笑。这一次，她就像一个小猫遇上了个好玩的伴儿；我一向不晓得她“能”这样的活泼。在一同往屋中走的工夫，她的肩挨上了我的。我们都才十七岁。我们都没说什么，可是四只眼彼此告诉我们是欣喜到万分。我最爱看她家壁上那张工笔百鸟朝凤；这次，我的眼匀不出工夫来。我看着那双小绿拖鞋；她往后收了收脚，连耳根儿都有点红了；可是仍然笑着。我想问她的功课，没问；想问新生的小猫有全白的没有，没问；心中的问题多了，只是口被一种什么力量给封起来，我知道她也是如此，因为看见她的白润的脖儿直微微的动，似乎要将些不相干的言语咽下去，而真值得一说的又不好意思说。

她在临窗的一个小红木凳上坐着，海棠花影在她半个脸上微动。有时候她微向窗外看看，大概是怕有人进来。及至看清没人，她脸上的花影都被欢悦给浸渍得红艳了。她的两手交换着轻轻的摸小凳的沿，显着不耐烦，可是欢喜的不耐烦。最后，她深深的看了我一眼，极不愿意而又不得不说的说，

“走吧！”我自己已忘了自己，只看见，不是听见，两个什么字由她的口中出来？可是在心的深处猜对那两个字的意思，因为我也有点那样的关切。我的心不愿动，我的脑知道非走不可。我的眼钉住了她的。她要低头，还没低下去，便又勇敢的抬起来，故意的，不怕的，羞而不肯的羞，迎着我的眼。直到不约而同的垂下头去，又不约而同的抬起来，又那么看。心似乎已碰着心。

我走，极慢的，她送我到帘外，眼上蒙了一层露水。我走到二门，回了回头，她已赶到海棠花下。我像一个羽毛似的飘荡出去。

以后，再没有这种机会。

有一次，她家中落了，并不使人十分悲伤的丧事。在灯光下我和她说了两句话。她穿着一身孝衣。手放在胸前，摆弄着孝衣的扣带。站得离我很近，几乎能彼此听得见脸上热力的激射，像雨后的禾谷那样带着声儿生长。可是，只说了两句极没有意思的话——口与舌的一些动作；我们的心并没管它们。

我们都二十二岁了，可是五四运动还没降生呢。男女的交际还不是普通的事。我毕业后便作了小学的校长，平生最大的光荣，因为她给了我一封贺信。信笺的末尾——印着一枝梅花——她注了一行：不要回信。我也就没敢写回信。可是我好像心中燃着一束火把，无所不尽其极的整顿学校。我拿办好了学校作给她的回信；她也在我的梦中给我鼓着得胜的掌——那一对连腕也是玉的手！

提婚是不能想的事。许多许多无意识而有力量的阻碍，像个专以力气自雄的恶虎，站在我们中间。

有一件足以自慰的，我那系着心的耳朵始终没听到她的定婚消息。还有件比这更好的，我兼任了一个平民学校的校长，她担任着一点功课。我只希望能时时见到她，不求别的。她呢，她知道怎么躲避我——已经是个二十岁的大姑娘。她失去了十七八岁时的天真与活泼，可是增加了女子的尊严与神秘。

又过了二年，我上了南洋。到她家辞行的那天，她恰巧没在家。

在外国的几年中，我无从打听她的消息。直接通信是不可能的。间接的探问，又不好意思。只好在梦里相会了。说也奇怪，我在梦中的女性永远是“她”。梦境的不同使我有时悲泣，有时狂喜；恋的幻境里也自有种味道。她，在我的梦中，还是十七岁时的样子：小圆脸，眉眼清秀中带着一点媚意。

身量不高！处处都那么柔软，走路非常的轻巧。那一条长黑的发辫，造成最动心的一个背影。我也记得她梳起头来的样儿，但是我总梦见那带辫的背影。

回国后，自然先探听她的一切。一切消息都像谣言她已作了暗娼！

就是这种刺心的消息，也没减少我的情热；不，我反倒更想见她，更想帮助她。我到她家去。已不在那里住，我只由墙外看见那株海棠树的一部分。房子早已卖掉了。

到底我找到她了。她已剪了发，向后梳拢着，在项部有个大绿梳子。穿着一件粉红长袍，袖子仅到肘部，那双臂，已不是那么活软的了。脸上的粉很厚，脑门和眼角都有些摺子。可是她还笑得很好看，虽然一点活泼的气象也没有了。设若把粉和油都去掉，她大概最好也只像个产后的病妇。她始终没正眼看我一次，虽然脸上并没有羞愧的样子，她也说也笑，只是心没在话与笑中，好像完全应酬我。我试着探问她些问题与经济状况，她不大愿意回答。她点着一枝香烟，烟很灵通的从鼻孔出来，她把左膝放在右膝上，仰着头看烟的升降变化，极无聊而又显着刚强，我的眼湿了，她不会看不见我的泪，可是她没有任何表示。她不住的看自己的手指甲，又轻轻的向后按头发，似乎她只是为她们活着呢。提到家中的人，她什么没告诉我。我只好走吧。临出来的时候，我把住址告诉给她——深愿她求我，或是命令我，作点事。她似乎根本没往心里听，一笑，眼看看别处，没有往外送我的意思。她以为我是出去了，其实我是立在门口没动，这么着，她一回头，我们对了眼光。只是那么一擦似的她转过头去。

初恋是青春的第一朵花，不能随便掷弃。我托人给她送了点钱去，留下了，并没有回话。

朋友们看出我的悲苦来，眉头是最会卖人的。她们善意的给我介绍女友，惨笑的摇首是我的回答。我得等着她。初恋像幼年的宝贝永远是最甜蜜的，不管那个宝贝是一个小布人，还是几块小石子。慢慢的，我开始和几个最知己的朋友谈论她，她们看在我的面上没说她什么，可是假装闹着玩似的暗刺我，他们看我太愚，也就是说她不配一恋。他们越这样，我越坚固。是她打开了我的爱的园门，我得和她走到山穷水尽。怜比爱少着些味道，可是更多着些人情。不久，我托友人向她说明，我愿意娶她。我自己没胆量去。友人回来，带回来她的几声狂笑。她没说别的，只狂笑了一阵。她是笑谁？笑我的愚，很好，多情的人不是每每有些傻气吗？这足以使人得意。笑她自己，那只是因为不好意思哭，过度的悲郁使人狂笑。

愚痴给我些力量，我决定自己去见她。要说的话都详细的编制好，演习了许多次，我告诉自己——只许胜，不许败。她没在家。又去了两次，都没见着。第四次去，屋门里停着小小的一口薄棺材，装着她。她是因打胎而死。

一篮最鲜的玫瑰，瓣上带着我心上的泪，放在她的灵前，结束了我的初恋，打开终生的虚空。为什么她落到这般光景？我不愿再打听。反正她在我心中永远不死。

我正呆看着那双小绿拖鞋，我觉得背后的幔帐动了一动。一回头，帐子上绣的小蝴蝶在她的头上飞动呢。她还是十七八时的模样，还是那么轻巧，像仙女飞降下来还没十分立稳那样立着。我往后退了一步，似乎是怕一往前凑就能把她吓跑。这一退的功夫，她变了，变成二十多岁的样子。她也往后退了，随退随着脸上加着皱纹。她狂笑起来。我坐在那个小床上。刚坐下，我又起来了，扑过她去，极快；她在这极短的时间内，又变回十七岁时的样子。在一秒钟里我看见她半生的变化，她像是不受时间的拘束。我坐在椅子上，她坐在我的怀中。我自己也恢复了十五六年前脸血的红色，我觉得出。我们就这样坐着，听着彼此心血的潮荡。不知有多么久。最后，我找到音声，唇贴着她的耳边，问：

“你独自住在这里？”

“我不住在这里；我住在这儿，”她指着我的心说。

“始终你没忘了我，那么？”我握紧了她的手。

“被别人吻的时候，我心中看着你！”

“可是你许别人吻你？”我并没有一点妒意。

“爱在心里，唇不会闲着；谁教你不来吻我呢？”

“我不是怕得罪你的父母吗？不是我上了南洋吗？”

她点了点头，可是“怕你失去一切，隔离使爱的心慌了。”

她告诉了我，她死前的光景。在我出国的那一年，她的母亲死去。她比较得自由了一些。出墙的花枝自会招来蜂蝶，有人便追求她，她还想念着我，可是肉体往往比爱少些忍耐力，爱的花不都是梅花。她接受了一个青年的爱，因为他长得像我。他非常的爱她，可是她还忘不了我，肉体的获得不就是爱的满足，相似的音貌不能代替爱的真形。他疑心了，她承认了她的心是在南洋。他们俩断绝了关系。这时候，她父亲的财产全丢了。她非嫁人不可。她把自己卖给一个阔家公子，为是供给她的父亲。

“你不会去教学挣钱？”我问。

“我只能教小学，那点薪水还不够父亲买烟吃的！”

我们俩都楞起来。我是想：假使我那时候回来，以我的经济能力说；能供给得起她的父亲吗？我还不是大睁白眼的看着她卖身？

“我把爱藏在心中，”她说，“拿肉体挣来的茶饭营养着它。我深恐肉体死了，爱便不存在，其实我是错了；先不用说这个吧。他非常的妒忌，永远跟着我，无论我是干什么，上哪儿去，他老随着我。他找不出我的破绽来，可是觉得出我是不爱他。慢慢的，他由讨厌变为公开的辱骂我，甚至于打我，他逼得我没法不承认我的心是另有所寄。忍无可忍也就顾不及饭碗问题了。他把我赶出来，连一件长衫也没给我留。我呢，父亲照样和我要钱，我自己得吃得穿，而且我一向是吃好的穿好的惯了。为满足肉体，还得利用肉体，身体是现成的本钱。凡给我钱的便买去我点筋肉的笑。我很会笑；我照着镜子练习那迷人的笑。环境的不同使人作退一步想，这样零卖，到是比终日叫那一个阔公子管着强一些。在街上，有多少人指着我的后影叹气，可是我到底是自由的，甚至是自傲的，有时候我与些打扮得不漂亮的女子遇上，我也有些得意。我一共打过四次胎，但是创痛过去便又笑了。

“最初。我颇有一些名气，因为我既是作过富宅的玩物，又能识几个字，新派旧派的人都愿来照顾我，我没工夫去思想。甚至于不想积蓄一点钱，我完全为我的服装香粉活着。今天的漂亮是今天的生活。明天自有明天管照着自己，身体的疲倦，只管眼前的刺激，不顾将来，不久，这种生活也不能维持了。父亲的烟是无底的深坑。打胎需要许多花费。以前不想剩钱；钱自然不会自己剩下。我连一点无聊的傲气也不敢存了。我得极下贱的去找钱了，有时候是明抢。有人指着我的后影叹气，我也回头向他笑一笑了。打一次胎增加两三岁。镜子是不欺人的，我已老丑了。疯狂足以补足衰老。我尽着肉体的所能伺候人们，不然，我没有生意。我敞着门睡着，我是大众的，不是我自己的，一天廿四小时，什么时间也可以买我的身体。我消失在欲海里。在清醒的世界中我并不存在。我看着人们在我身上狂动，我的手指算计着钱数。我不思想，只是盘算——怎能多进五毛钱。我不哭，哭不好看。只为钱着急，不管我自己。”

她休息了一会儿，我的泪已滴湿她的衣襟。

“你回来了！”她继续着说：“你也三十多了；我记得你是十七岁的小学生。你的眼已不是那年——多少年了？——

看我那双绿拖鞋的眼。可是，多少还是你自己，我，早已死了。你可以继续作那初恋的梦，我已无梦可作。我始终一点也不怀疑，我知道你要是回来，必定要我。及至见着你，我自己已找不到我自己，拿什么给你呢？你没回来的时候，我永远不拒绝，不论是对谁说，我是爱你；你回来了，我只好狂笑。单等我落到这样，你才回来，这不是有意戏弄人？假如你永远不回来，我老有个南洋作我的梦景，你老有个我在你的心中，岂不很美？你偏偏的回来了，而且回来这样迟——"

"可是来迟了并不就是来不及了，"我插了一句。

"晚了就是来不及了。我杀了自己。"

"什么？"

"我杀了我自己。我命定的只能住在你心中，生存在一首诗里，生死有什么区别？在打胎的时候我自己下了手。有你在我左右，我没法子再笑。不笑，我怎么挣钱？只有一条路，名字叫死。你回来迟了，我别再死迟了；我再晚死一会儿，我便连住在你心中的希望也没有了。我住在这里，这里便是你的心。这里没有阳光，没有声响，只有一些颜色。颜色是更持久的，颜色画成咱们的记忆。看那双小鞋，绿的，是点颜色，你我永远认识它们。"

“但是我也记得那双脚。许我看看吗？”

她笑了，摇摇头。

我很坚决，我握住她的脚，扯下她的袜，露出没有肉的一支白脚骨。

“去吧”她推了我一把。“从此你我无缘再见了！我愿住在你的心中，现在不行了；我愿在你心中永远是青春。”

太阳已往西斜去；风大了些，也凉了些，东方有些黑云。春光在一个梦中惨淡了许多。我立起来，又看见那片暗绿的松树。立了不知有多久。远处来了些蠕动的小人，随着一些听不甚真的音乐。越来越近了，田中惊起许多白翅的鸟，哀鸣着向山这边飞。我看清了，一群人们匆匆的走，带起一些灰土。三五鼓手在前，几个白衣的在后，最后是一口棺材。春天也要埋人的。撒起一把纸钱，蝴蝶似的落在麦田上。东方的黑云更厚了，柳条的绿色加深了许多，绿得有些凄惨。心中茫然，只想起那双小绿拖鞋。像两片树叶在永生的树上作着春梦。

柳屯的

要计算我们村里的人们，在头几个手指上你总得数到夏家，不管你对这一家子的感情怎么样。夏家有三百来亩地，这就足以说明了一大些，即使承认我们的村子不算是很小。

夏老者在庚子年前就信教。要说他藉着信教去横行霸道，真是屈心的话；拿这个去得些小便宜，那倒有之。他的儿子夏廉也信教。

他们有三百来亩地，这倒比信教不信教还要紧；不过，他们父子决不肯抛弃了宗教，正如不肯舍割一两亩地。假如他们光信教而没有这些产业，大概偶尔到乡间巡视的洋牧师决不会特意的记住他们的姓名。事实上他们是有三百来亩地，而且信教，这便有了文章。

我说过了，他们不横行霸道；可是他们的心里颇有个数儿。要说为村里的公益事儿拿个块儿八毛的，夏家父子的钱袋好像天衣似的，没有缝儿。“我们信教，不开发这个。”信教的利益，这还是消极的，在这里等着你呢。全村里的人没有愿公然说他们父子刻薄的，可也没有人捧场夸奖他们厚道。他们不跳出圈去欺侮人，人们也不敢无故的找寻他们，彼此敬而远之。不过，有的时候，人们还非去找夏家父子不可；这可就没的可说了。周瑜打黄盖，愿打愿挨。“知道我们厉害呀，别找上门来！事情是事情！”他们父子虽不这么明说，可确是这么股子劲儿。无论买什么，他们总比别人少花点儿；但是现钱交易，一手递钱，一手交货，他们管这个叫作教友派儿。至于偶尔被人家捉了大头，就是说明了“概不退换”，也得退换；教友派儿在这种关节上更露出些力量。没人敢惹他们，而他们又的确不是刺儿头——从远处看。找上门来挨刺，他们父子实在有些无形的硬翎儿。

要是由外表上看，他们离着精明还远得很呢。夏老者身上最出色的是一对罗圈腿。成天拐拉拐拉的出来进去，出来进去，好像失落了点东西，找了六十多年还没有找着。被罗圈腿闹得身量也显着特别的矮，虽然努力挺着胸口也不怎么尊严。头也不大，眉毛比胡子似乎还长，因此那几根胡子老像怪委屈的。红眼边；眼珠不是黄的，也不是黑的，更说不上是蓝的，就那么灰不拉的，瘪瘪着；看人的时候永远拿鼻子尖瞄准儿，小尖下巴颏也随着跷起来。夏廉比父亲体面些，个子也高些。长脸，笑的时候仿佛都不愿脸上的肉动一动。眼睛老望着远处，似乎心中永远有点什么问题。他最会发楞。父亲要像个小颠蒜，儿子就像个楞青辣椒。

我和夏廉小时候同过学。我不知道他们父子的志愿是什么，他们不和别人谈心，嘴能像实心的核桃那么严。可是我晓得他们的产业越来越多。我也晓得，凡是他们要干的，哪怕是经过三年五载，最后必达到目的。在我的记忆中，他们似乎没有失败过。他们会等：一回不行，再等；还不行，再等！坚忍战败了光阴，精明会抓住机会，往好里说，他们确是有可佩服的地方。很有几个人，因为看夏家这样一帆风顺，也信了教；他们以为夏家所信的神必是真灵验。这个想法的对不对是另一问题，夏家父子的成功是事实。

他们父子可并非没遇过困难，也并非不怕遇上困难，但是当患难临头，他们不惜力：父亲拐拉着腿，儿子板死了脸，干！过蝗虫，他们和蝗虫开仗；下腻虫，和腻虫宣战。方法好不好的，先干点什么再说。唱野台戏谢龙王或虫神，他们连一个小钱也不拿：“我们信教，不开发这个。”

或者不仅是我一个人有时候这么想：他们父子是不是有朝一日也会失败呢？以我自己说，这不是出于忌妒，我并无意看他们的哈哈笑；这是一种好奇的推测。我总以为人究竟不能胜过一切，谁也得有消化不了的东西。拿人类全体说，我愿意，希望，咱们能战胜一切，就个人说我不这么希望，也没有这种信仰。拿破仑碰了钉子，也该碰。

在思想上，我相信这个看法是不错的。不错，我是因看见夏家父子而想起这个来，但这并不是对他们的诅咒。

谁知道这竟自像诅咒呢！我不喜欢他们的为人，真的；可也没想到他们果然会失败。我并不是看见苍蝇落在胶上，便又可怜它了，不是；他们的失败实在太难堪了，太奇怪了；这件“事”使我的感情与理智分道而驰了。

前五年吧，我离开了家乡一些日子。等到回家的时候，我便听说许多关于——也不大利于——我的老同学的话。把这些话凑在一处，合成这么一句：夏廉在柳屯——离我们那里六里多地的一个小村子——弄了个“人儿”。

这种事要是搁在别人的身上，原来并没什么了不得的。夏廉，不行。第一，他是教友；打算弄人儿就得出教。据我们村里的人看，无论是在白莲教，耶稣教，自要一出教就得倒运。自然，夏廉要倒运，正是一些人所希望的，所以大家的耳朵都竖起来，心中也微微有点跳。至于以教会的观点看这件事的合理与否的，也有几位，可是他们的意见并没引起多大的注意——太带洋味儿。

第二，夏廉，夏廉！居然弄人儿！把信教不信教放在一边，单说这个“人”，他会弄人儿，太阳确是可以打西边出来了，也许就是明天早晨！

夏家已有三辈是独传。夏廉有三个女儿，一个儿子。这个儿子活到十岁上就死了。夏嫂身体很弱，不见得再能生养。三辈子独传，到这儿眼看要断根！这个事实是大家知道的，可是大家并不因此而使夏廉舒舒服服的弄人儿，他的人缘正站在“好”的反面儿。

“断根也不能动洋钱”，谁看见那个楞辣椒也得这么想，这自然也是大家所以这样惊异的原因。弄人儿，他？他！

还有呢，他要是讨个小老婆，为是生儿子，大家也不会这么见神见鬼的。他是在柳屯搭上了个娘们。“怪不得他老往远处看呢，柳屯！”大家笑着嘀咕，笑得好像都不愿费力气，只到嗓子那溜儿，把未完的那些意思交给眼睛挤咕出来。

除了夏廉自己明白他自己，别人都不过是瞎猜；他的嘴比蛤蜊还紧。可是比较的，我还算是他的熟人，自幼儿的同学。我不敢说是明白他，不过讲猜测的话，我或者能猜个八九不离十。拿他那点宗教说，大概除了他愿意偶尔有个洋牧师到家里坐一坐，和洋牧师喜欢教会里有几家基本教友，别无作用。他当义和拳或教友恐怕没有多少分别。上帝有一位还是有十位，对于他，完全没关系。牧师讲道他便听着，听完博爱他并不少占便宜。可是他愿作教友。他没有朋友，所以要有个地方去——教会正是个好地方。“你们不理我呀，我还不爱交接你们呢；我自有地方去，我是教友！”这好像明明的在他那长脸上写着呢。

他不能公然的娶小老婆，他不愿出教。可是没儿子又是了不得的事。他想偷偷的解决了这个问题。搭上个娘们，等到有了儿子再说。夏老者当然不反对，祖父盼孙子自有比父亲盼儿子还盼得厉害的。教会呢，洋牧师不时常来，而本村的牧师还不就是那么一回事。上帝本是洋人带过来的。反正没晴天大日头的用敞车往家里拉人，就不算是有意犯教规，大家闭闭眼，事情还有过不去的？

至于图省钱，那倒未必。搭人儿不见得比娶小省钱。为得儿子，他这一回总算下了决心，不能不咬咬牙。“教友”虽不是官衔，却自有作用，而儿子又是必不可少的，闭了眼啦，花点钱！

这是我的猜测，未免有点刻薄，我知道；但是不见得比别人的更刻薄。至于正确的程度，我相信我的是最优等。

在家没住了几天，我又到外边去了两个月。到年底下我回家来过年，夏家的事已发展到相当的地步：夏廉已经自动的脱离教会，那个柳屯的人儿已接到家里来。我真没想到这事儿会来得这么快。但是我无须打听，便能猜着：村里人的嘴要是都咬住一个地方，不过三天就能把长城咬塌了一大块。柳屯那位娘们一定是被大家给咬出来了，好像猎狗掘兔子窝似的，非扒到底儿不拉倒。他们死咬一口，教会便不肯再装聋卖傻，于是……这个，我猜对了。

可是，我还有不知道的。我遇见了夏老者。他的红眼边底下有些笑纹，这是不多见的。那几根怪委屈的胡子直微微的动，似乎是要和我谈一谈。我明白了：村里人们的嘴现在都咬着夏家，连夏老头子也有点撑不住了；他也想为自己辩护几句。我是刚由外边回来的，好像是个第三者，他正好和我诉诉委屈。好吧，蛤蜊张了嘴，不容易的事，我不便错过这个机会。

他的话是一派的夸奖那个娘们，他很巧妙的管她叫作“柳屯的”。这个老家伙有两下子，我心里说。他不为这件“事”辩护，而替她在村子里开道儿。村儿里的事一向是这样：有几个人向左看，哪怕是原来大家都脸朝右呢，便慢慢的能把大家都引到左边来。她既是来了，就得设法叫她算个数；这老头子给她砸地基呢。“柳屯的”，不卑不亢的，简直的有些诗味！

“太好了，‘柳屯的！’”他的红眼边忙着眨巴。“比大嫂强多了，真泼辣！能洗能作，见了人那份和气，公是公，婆是婆！多费一口子的粮食，可是咱们白用一个人呢！大嫂老有病，横草不动，竖草不拿；‘柳屯的’什么都拿得起来！所以我就对廉儿说了，”老头子抬着下巴颏看准了我的眼睛，我知道他是要给儿子掩饰了：“我就说了，廉儿呀，把她接来吧，咱们‘要’这么一把手！”说完，他向我眨巴眼，红眼边一劲的动，看看好像是孙猴子的父亲。他是等着我的意见呢。

“那就很好，”我只说了这么一句四面不靠边的。

“实在是神的意思！”他点头赞叹着。“你得来看看她；看见她，你就明白了。”

“好吧，大叔，明儿个去给你老拜年。”真的，我想看看这位柳屯的贤妇。

第二天我到夏家去拜年，看见了“柳屯的”。

她有多大岁数，我说不清，也许三十，也许三十五，也许四十。大概说她在四十五以下准保没错。我心里笑开了，好劲个“人儿”！高高的身量，长长的脸，脸上擦了一斤来的白粉，可是并不见得十分白；鬓角和眉毛都用墨刷得非常整齐：好像新砌的墙，白的地方还没全干，可是黑的地方真黑真齐。眼睛向外努着，故意的慢慢眨巴眼皮，恐怕碰了眼珠似的。头上不少的黄发，也用墨刷过，可是刷得不十分成功；戴着朵红石榴花。一身新蓝洋缎棉袄棉裤，腋下搭拉着一块粉洋纱手绢。大红新鞋，至多也不过一尺来的长。

我简直的没话可说，心里头一劲儿的要笑，又有点堵得慌。

“柳屯的”倒有的说。她好像也和我同过学，有模有样的问我这个那个的。从她的话里我看出来，她对于我家和村里的事知道得很透彻。她的眼皮慢慢那么向我眨巴了几下，似乎已连我每天吃几个馍馍都看了去！她的嘴可是甜甘，一边张罗客人的茶水，一边儿说；一边儿说着，一边儿用眼角儿扫着家里的人；该叫什么的便先叫出来，而后说话，叫得都那么怪震心的。夏老者的红眼边上有点湿润，夏老太太——一个瘪嘴弯腰的小老太太——的眼睛随着“柳屯的”转；一声爸爸一声妈，大概给二位老者已叫迷糊了。夏廉没在家。我想看看夏大嫂去，因为听说她还病着。夏家二位老人似乎没什么表示，可是眼睛都瞧着“柳屯的”，像是跟她要主意；大概他们已承认：交际来往，规矩礼行这些事，他们没有“柳屯的”那样在行，所以得问她。她忙着就去开门，往西屋里让。陪着我走到窗前。便交待了声：“有人来了。”然后向我一笑，“屋里坐，我去看看水。我独自进了西屋。

夏大嫂是全家里最老实可爱的人。她在炕上围着被子坐着呢。见了我，她似乎非常的喜欢。可是脸上还没笑利索，泪就落下来了：“牛儿叔！牛儿叔！”她叫了我两声。我们村里彼此称呼总是带着乳名的，孙子呼祖父也得挂上小名。她像是有许多的话，可是又不肯说，抹了抹泪，向窗外看了看，然后向屋外指了一下。我明白她的意思。

我问她的病状，她叹了口气：“活不长了；死了也不能放心！”那个娘们实在是夏嫂心里的一块病，我看出来。即使我承认夏嫂是免不掉忌妒，我也不能说她的忧虑是完全为自己，她是个最老实可爱的人。我和她似乎都看出来点危险来，那个娘们！

由西屋出来，我遇上了“她”，在上房的檐下站着呢。很亲热的赶过来，让我再坐一坐，我笑了笑，没回答出什么来。我知道这一笑使我和她结下仇。这个娘们眼里有活，她看清这一笑的意思，况且我是刚从西屋出来。出了大门，我吐了口气，舒畅了许多；在她的面前，我也不怎么觉着别扭。我曾经作过一个恶梦，梦见一个母老虎，脸上擦着铅粉。这个“柳屯的”又勾起这个恶梦所给的不快之感。我讨厌这个娘们，虽然我对她并没有丝毫地位的道德的成见。只是讨厌她，那一对弩出的眼睛！

年节过去，我又离开了故乡，到次年的灯节才回来。

似乎由我一进村口，我就听到一种喽喽喳喳的声音；在这声音当中包着的是“柳屯的”。我一进家门，大家急于报告的也是她。

在我定了定神之后，我记得已听见他们说：夏老头子的胡子已剩下很少，被“柳屯的”给扯去了多一半。夏老太太常给这个老婆跪着。夏大嫂已经分出去另过。夏廉的牙齿都被嘴巴搧了去……我怀疑我莫不是作梦呢！不是梦，因为我歇息了一会儿以后，他们继续的告诉我：“柳屯的”把夏家完全拿下去了。他们你一言我一语的争着说，我相信了这是真事，可是记不清他们说的都是什么了。

我一向不大信《醒世姻缘》中的故事；这个更离奇。我得亲眼去看看！眼见为真，不然我不能信这些话。

第二天，村里唱戏，早九点就开锣。我也随着家里的人去看热闹；其实我的眼睛专在找“她”。到了戏台的附近，台上已打了头通。台下的人已不少，除了本村的还有不少由外村来的。因为地势与户口的关系，戏班老是先在我们这里驻脚。二通锣鼓又响了，我一眼看见了“她”。她还是穿着新年的漂亮衣服，脸上可没有擦粉——不像一小块新砌的墙了，可是颇似一大扇棒子面的饼子。乡下的戏台搭得并不矮，她抓住了台沿，只一悠便上去了。上了台，她一直扑过文场去，“打住！”她喝了一声。锣鼓立刻停了。我以为她是要票一出什么呢。《送亲演礼》，或是《探亲家》，她演，准保合适，据我想。不是，我没猜对，她转过身来，两步就走到台边，向台下的人一挥手。她的眼弩得像一对小灯笼。说也奇怪，台下大众立刻鸦雀无声了。我的心凉了：在我离开家乡这一年的工夫，她已把全村治服了。她用的是什么方法，我还没去调查，但大家都不敢惹她确是真的。

“老街坊们！”她的眼珠努得特别的厉害，台根底下立着的小孩们，被她吓哭了两三个。“老街坊们！我娘们先给你们学学夏老王八的样儿！”她的腿圈起来，眼睛拿鼻尖作准星，向上半仰着脸，在台上拐拉了两个圈。台下居然有人哈哈的笑起来。

走完了场，她又在台边站定，眼睛整扫了一圈，开始骂夏老王八。她的话，我没法记录下来，我脑中记得的那些字绝对不够用的。况且在事实上，夏老头儿并不那样老与生殖器有密切的关系，像她所形容的。她足足骂了三刻钟，一句跟着一句，流畅而又雄厚。设若不是她的嗓子有点不跟劲，大概骂个两三点钟是可以保险的。可奇的是大家听着！

她下了台，戏就开了，观众们高高兴兴的看戏，好像刚才那一幕，也是在程序之中的。我的脑子里转开了圈，这是啥事儿呢？本来不想听戏，我就离开戏台，到“地”里去溜达。

走出不远，迎面松儿大爷撅撅着胡子走来了。

“听戏去，松儿大爷？新喜，多多发财！”我作了个揖。

“多多发财！”老头子打量了我一番。“听戏去？这个年头的戏！”

“听不听不吃劲！”我迎合着说。老人都有这宗脾气，什么也是老年间的好；其实松儿大爷站在台底下，未必不听得把饭也忘了吃。

“看怎么不吃劲了！”老头儿点头咂嘴的说。

“松儿大爷，咱们爷儿俩找地方聊聊去，不比听戏强？城里头买来的烟卷！”我掏出盒“美丽”来，给了老头子一支。松儿大爷是村里的圣人，我这盒烟卷值金子，假如我想打听点有价值的消息；夏家的事，这会儿在我心中确是有些价值。怎会全村里就没有敢惹她的呢？这像块石头压着我的心。

把烟点着，松儿大爷带着响吸了两口，然后翻着眼想了想：“走吧，家里去！我有二百一包的，焖得酽酽的，咱们扯他半天，也不癞！”

随着松儿大爷到了家。除了松儿大娘，别人都听戏去了。给他们拜完了年，我就手也把大娘给撵出去：“大娘，听戏去，我们看家！”她把茶——真是二百一包的——给我们沏好，瘪着嘴听戏去了。

等松儿大爷审过了我——我挣多少钱，国家大事如何……我开始审他。

“松儿大爷，夏家的那个娘们是怎回事？”

老头子头上的筋跳起来，仿佛有谁猛孤丁的揍了他的嘴巴。“臭狗屎！提她？”拍的往地上唾了一口。

“可是没人敢惹她！”我用着激将法。

“新鞋不踩臭狗屎！”

我看出来村里有一部分人是不屑于理她，或者是医为不屑援助夏家父子。不踩臭狗屎的另一方面便是由着她的性反，所以我把“就没人敢出来管教管教她？”咽了回去，换上：“大概也有人以为她怪香的？”

“那还用说！一斗小米，二尺布，谁不向着她；夏家爷儿俩一辈子连个屁也不放在街上！”

这又对了，一部分人已经降服了她。她肯用一斗小米二尺布收买人，而夏家父子舍不得个屁。

“教会呢？”

“他爷们栽了，挂洋味的全不理他们了！”

他们父子的地位完了，这里大概含着这么点意思，我想：有的人或者宁自答理她，也不同情于他们；她是他们父子的惩罚；洋神仙保佑他们父子发了财，现在中国神仙借着她给弄个底儿掉！也许有人还相信她会呼风唤雨呢！

“夏家现在怎样了呢？”我问。

“怎么样？”松儿大爷一气灌完一大碗浓茶，用手背擦了擦胡子："怎么样？我给他们算定了，出不去三四年，全完！咱这可不是血口喷人，盼着人家倒霉，大年灯节的！你看，夏大嫂分出去了，这是半年前的事了。那时候，柳屯这个娘们一天到晚挑唆：啊，没病装病，死吃一口，谁受得了？三个丫头，哪个不是赔钱货！夏老头子的心活了，给了大嫂三十亩地，让她带着三个女儿去住西小院那三间小南屋。由那天起，夏廉没到西院去过一次。他的大女儿是九月出的门子，他们全都过去吃了三天，可是一个子儿没给大嫂。夏廉和他那个爸爸觉得这是个便宜——白吃儿媳妇三天！"

"大嫂的娘家自然帮助她些了？"我问。

"那是自然；可有一层，他们都擦着黑儿来，不敢叫柳屯的娘们看见。她在西墙那边老预备着个梯子，一天不定往西院瞭望多少回。没关系的人去看夏大嫂，墙头上有整车的村话打下来；有点关系的人，那更好了，那个娘们拿刀在门口堵着！"松儿大爷又唾了一口。

"没人敢惹她？"

松儿大爷摇了摇头。"夏大嫂是虾蟆垫桌腿，死挨！"

"她死了，那个娘们好成为夏大嫂？"

"还用等她死了？现在谁敢不叫那个娘们'大嫂'呢？'二

嫂’都不行！”

“松儿大爷你自己呢？”按说，我不应当这么挤兑这个老头子！

“我？”老头子似乎挂了劲，可是事实又叫他泄了气：“我不理她！”又似乎太泄气，所以补上：“多喒她找到我的头上来，叫她试试，她也得敢！我要跟夏老头子换换地方，你看她敢扯我的胡子不敢！夏老头子是自找不自在。她给他们出坏道儿，怎么占点便宜，他们听她的；这就完了。既听了她的，她就是老爷了！你听着，还有呢：她和他们不是把夏大嫂收拾了吗？不到一个月，临到夏老两口子了。她把他们也赶出去了。老两口子分了五十亩地，去住场院外那两间牛棚。夏老头子可真急了，背起梢马子就要进城，告状去。他还没走出村儿去，她追了上来，一把扯回他来，左右开弓就是几个嘴巴子，跟着便把胡子扯下半边，临完给他下身两脚。夏老头子半个月没下地。现在，她住着上房，产业归她拿着，看吧！”

“她还能谋害夏廉？”我插进一句去。

“那，谁敢说怎样呢！反正有朝一日，夏家会连块土坯也落不下，不是都被她拿了去，就是因为她闹丢了。我不知道别的，我知道这家子要玩完！没见过这样的事，我快七十岁的人了！”

我们俩都半天没言语。后来还是我说了：“松儿大爷，他们老公母俩和夏大嫂不会联合起来跟她干吗？”

“那不就好了吗，我的傻大哥！”松儿大爷的眼睛挤出点不得已的笑意来。“那个老头子混蛋哪。她一面欺侮他，一面又教给他去欺侮夏大嫂。他不敢惹她，可是敢惹大嫂呢。她终年病病歪歪的，还不好欺侮。他要不是这样的人，怎能会落到这步田地？那个娘们算把他们爷俩的脉摸准了！夏廉也是这样呀，他以为父亲吃了亏，便是他自己的便宜。要不怎说没法办呢！”

“只苦了个老实的夏大嫂！”我低声的说。

“就苦了她！好人掉在狼窝里了！”

“我得看看夏大嫂去！”我好像是对自己说呢。

“乘早不必多那个事，我告诉你句好话！”他很“自己”的说。

“那个娘们敢卷我半句，我叫她滚着走！”我笑了笑。

松儿大爷想了会儿：“你叫她滚着走，又有什么好处呢？”

我没话可说。松儿大爷的哲理应当对“柳屯的”敢这样横行负一部分责任。同时，为个人计，这是我们村里最好的见解。谁也不去踩臭狗屎，可是狗屎便更臭起来；自然还有说它是香的人！

辞别了松儿大爷，我想看看大嫂去；我不能怕那个“柳屯的”，不管她怎么厉害——村里也许有人相信她会妖术邪法呢！但是，继而一想：假如我和她干起来，即使我大获全胜，对夏大嫂有什么好处呢？我是不常在家里的人；我离开家乡，她岂不因此而更加倍的欺侮夏大嫂？除非我有彻底的办法，还是不去为妙。

不久，我又出了外，也就把这件事忘了。

大概有三年我没回家，直到去年夏天才有机会回去休息一两个月。

到家那天，正赶上大雨之后。田中的玉米，高粱，谷子；村内外的树，都绿得不能再绿。连树影儿，墙根上，全是绿的。在都市中过了三年，乍到了这种静绿的地方，好像是入了梦境；空气太新鲜了，确是压得我发困。我强打着精神，不好意思去睡，跟家里的人闲扯开了。扯来扯去，自然而然的扯到了“她”。我马上不困了，可是同时也觉出乡村里并非是一首绿的诗。在大家的报告中，最有趣的是“她”现在正传教！我一听说，我想到了个理由：她是要把以前夏家父子那点地位恢复了来，可是放在她自己身上。不过，不管理由不理由吧，这件事太滑稽了。“柳屯的”传教？谁传不了教，单等着她！

据他们说，那是这么回事：村里来了一拨子教徒，有中国人，也有外国人。这群人是相信祷告足以治病，而一认罪便可以被赦免的。这群人与本地的教会无关，而且本地的教友也不参加他们的活动。可是他们闹腾得挺欢：偷青的张二楞，醉鬼刘四，盗嫂的冯二头，还有“柳屯的”，全认了罪。据来的那俩洋人看，这是最大的功成，已经把张二楞们的像片——对了，还有时常骂街的宋寡妇也认了罪，纯粹因为白得一张像片；洋人带来个照相机——寄到外国去。奇迹！

这群人走了之后，“柳屯的”率领着刘四一干人等继续宣传福音，每天太阳压山的时候在夏家的场院讲道。

我得听听去！

有蹲着的，有坐着的，有立着的，夏家的场院上有二三十个人。我一眼看见了我家的长工赵五。

“你干吗来了？”我问他。

赵五的脸红了，迟迟顿顿的说：“不来不行！来过一次，第二次要是不来，她卷祖宗三代！”

我也就不必再往下问了。她是这村的“霸王”。

柳树尖上还留着点金黄的阳光，蝉在刚来的凉风里唱着，我正呆看着这些轻摆的柳树，忽然大家都立起来，“她”来了！她比三年前胖了些，身上没有什么打扮修饰，可是很利落。她的大脚走得轻而有力，努出的眼珠向平处看，好像全世界满属她管似的。她站住，眼珠不动，全身也全不动，只是嘴唇微张：“祷告！”大家全低下头。她并不闭眼，直着脖颈念念有词，仿佛是和神面对面的讲话呢。

正在这时候，夏廉轻手蹑脚的走来，立在她的后面，很虔敬的低下头，闭上眼。我没想到，他倒比从前胖了些。焉知我们以为难堪的，不是他的享受呢？猪八戒玩老雕，各好一路——我们村里很有些圣明的俗语儿。

她的祷告大略是：“愿上帝赶紧叫夏老头子一个跟头摔死。叫夏娘们一口气不来，堵死，叫夏娘们的大丫头让野汉子操死。叫那个二丫头下窑子，三丫头半掩门……阿门！”

奇怪的是，没有一个人觉着这个可笑，或是可恶；大家一齐随着说“阿门”。莫非她真有妖术邪法？我真有点发胡涂！

我很想和夏廉谈一谈。可是“柳屯的”看着我呢——用她的眼角。夏廉是她的猫，狗，或是个什么别的玩艺。他也看见我了，只那么一眼，就又低下头去。他拿她当作屏风，在她后面，他觉得安全，虽然他的牙是被她打飞了的。我不十分明白他俩的真正关系，我只想起：从前村里有个看香的妇人，顶着白狐大仙。她有个“童儿”，才四十多岁。这个童儿和夏廉是一对儿，我想不起更好的比拟。这个老童儿随着白狐大仙的代表，整像耍猴子的身后随着的那个没有多少毛儿的羊。这个老童儿在晚上和白狐大仙的代表一个床上睡，所以他多少也有点仙气。夏廉现在似乎也有点仙气，他祷告的很虔诚。

我走开了，觉着“柳屯的”的眼随着我呢。

夏老者还在地里忙呢，我虽然看见他几次，始终没能谈一谈，他躲着我。他已不像样子了，红眼边好像要把夏天的太阳给比下去似的。可是他还是不惜力，仿佛他要把被“柳屯的”所夺去的都从地里面补出来，他拿着锄向地咬牙。

夏大嫂，据说，已病得快死了。她的二女儿也快出门子，给的是个当兵的。大概是个排长，可是村里都说他是个军官。

我们村里的人，对于教会的人是敬而远之；对于“县”里的人是手段与敬畏并用；大家最怕的，真怕的，是兵。“柳屯的”大概也有点怕兵，虽然她不说。她现在自己是传教的；是乡绅，虽然没有“县”里的承认；也自己宣传她在县里有人。

她有了乡间应有的一切势力(这是她自创的，他是个天才，)只是没有兵。

对于夏二姑娘的许给一个“军官”，她认为这是夏大嫂诚心和她挑战。她要不马上剪除她们，必是个大患。她要是不动声色的置之不理，总会不久就有人看出她的弱点。赵五和我研究这回事来着。据赵五说，无论“柳屯的”怎样欺侮夏大嫂，村里是不会有人管的。阔点的人愿意看着夏家出丑，穷人全是“柳屯的”属下。不过，“柳屯的”至今还没动手，因为她对“兵”得思索一下。这几天她特别的虔诚，祷告的特别勤，赵五知道。云已布满，专等一声雷呢，仿佛是。

不久，雷响了。夏家二姑娘，在夏大嫂的三个女儿中算是最能干的。据“柳屯的”看，自然是最厉害的。有一天，三妞在门外买线，二妞在门内指导着——因为快出门子了，不好意思出来。这么个工夫，“柳屯的”也出来买线，三妞没买完就往里走，脸已变了颜色。二妞在门内说了一句：“买你的！”

“柳屯的”好像一个闪似的，就扑到门前：“我操你夏家十三辈的祖宗！你要吃大兵的肉棍，就在太太眼前大模大样的，我不把你臊豆子撕烂了！”

二妞三妞全跑进去了，“柳屯的”在后面追。我正在不远的一棵柳树下坐着呢。我也赶到，生怕她把二妞的脸抓坏了。可是这个娘们敢情知道先干什么，她奔了夏大嫂去。两拳，夏大嫂就得没了命。她死了，“柳屯的”便名正言顺的是“大嫂了”；而后再从容的收拾二妞三妞。把她们卖了也没人管，夏老者是第一个不关心她们的，夏廉要不是为儿子还不弄来“柳屯的”呢，别人更提不到了。她已经进了屋门，我赶上了。在某种情形下，大概人人会掏点坏，我揪住了她，假意的劝解，可是我的眼睛尽了它们的责任。二妞明白我的眼睛，她上来了，三妞的胆子也壮起来。大概她们常梦到的快举就是这个，今天有我给助点胆儿，居然实现了。

我嘴里说着好的，手可是用足了力量；差点劲的男人还真弄不住她呢。正在这么个工夫，“柳屯的”改变了战略——好利害的娘们！

“牛儿叔，我娘们不打架；”她笑着，头往下一低，拿出一些媚劲，“我吓着她们玩呢。小丫头子，有了婆婆家就这么扬气，搁着你的！”说完，她撩了我一眼，扭着腰儿走了。

光棍不吃眼前亏，她真要被她们捶巴两下子，岂不把威风扫尽——她觉出我的手是有些力气。

不大会儿，夏廉来了。他的脸上很难看，他替她来管教女儿了，我心里说。我没理他。他瞪着二妞，可是说不出来什么，或者因为我在一旁，他不知怎样好了。二妞看着他，嘴动了几动，没说出什么来。又楞了会儿，她往前凑了凑，对准了他的脸就是一口，呸！他真急了，可是他还没动手，已经被我揪住。他跟我争巴了两下，不动了。看了我一眼，头低下去："哎——"叹了口长气，"谁叫你们都不是小子呢！"这个人是完全被"柳屯的"拿住，而还想为自己辩护。他已经逃不出她的手，所以更恨她们——谁叫她们都不是男孩子呢！

二姑娘啐了爸爸一个满脸花，气是出了，可是反倒哭起来。

夏廉走到屋门口，又楞住了。他没法回去交差。又叹了口气，慢慢的走出去。

我把二妞劝住。她刚住声，东院那个娘们骂开了："你个贼王八，兔小子，连你自己操出来的丫头都管不了。……"

我心中打开了鼓，万一我走后，她再回来呢？我不能走，我叫三妞把赵五喊来。叫赵五安置在那儿，我才敢回家。赵五自然是不敢惹她的，可是我并没叫他打前敌，他只是作会儿哨兵。

回到家中，我越想越不是滋味：我和她算是宣了战，她不能就这么完事。假如她结队前来挑战呢？打群架不是什么稀罕的事。完不了，她多少是栽了跟头。我不想打群架，哼，她未必不晓得这个！她在这几年里把什么都拿到手，除了有几家——我便是其中的一个——不肯理他，虽然也不肯故意得罪她；我得罪了她，这个娘们要是有机会，是满可以作个“女拿破仑”，她一定跟我完不了。设若她会写书，她必定会写出顶好的农村小说，她真明白一切乡人的心理。

果然不出我所料，当天的午后，她骑着匹黑驴，打着把雨伞——太阳毒得好像下火呢——由村子东头到西头，南头到北头，叫骂夏老王八，夏廉——贼兔子——和那两个小窑姐。她是骂给我听呢。她知道我必不肯把她拉下驴来揍一顿，那么，全村还是她的，没人出来拦她吗。

赵五头一个吃不住劲了，他要求我换个人去保护二妞。他并非有意激动我，他是真怕；可是我的火上来了：“赵五，你看我会揍她一顿不会？”

赵五眨巴了半天眼睛：“行啊；可是好男不跟女斗，是不是？”

可就是，怎能一个男子去打女人家呢！我还得另想高明主意。

夏大嫂的病越来越沉重。我的心又移到她这边来：先得叫二妞出门子，落了丧事可就不好办了，逃出一个是一个。那个“军官”是张店的人，离我们这儿有十二三里路。我派赵五去催快娶——自然是得了夏大嫂的同意。赵五愿意走这个差，这个比给二妞保镖强多了。

我是这么想，假如二妞能被人家顺顺当当的娶了走，“柳屯的”便算又栽了个跟头——谁不知道她早就憋住和夏大嫂闹呢？好，夏大嫂的女婿越多，便越难收拾，况且这回是个“军官”！我也打定了主意，我要看着二妞上了轿。那个娘们敢闹，我揍她。好在她有个闹婚的罪名，我们便好上县里说去了。

据我们村里的人看，人的运气，无论谁，是有个年限的；没人能走一辈子好运，连关老爷还掉了脑袋呢。我和“柳屯的”那一幕，已经传遍了全村，我虽没说，可是三妞是有嘴有腿的。大家似乎都以为这是一种先兆——“柳屯的”要玩完。人们不敢惹她，所以愿意有个人敢惹她，看打擂是最有趣的。

“柳屯的”大概也扫听着这么点风声，所以加紧的打夏廉，作为一种间接的示威。夏廉的头已肿起多高，被她往磨盘上撞的。

张店的那位排长原是个有名有姓的人，他是和家里闹气而跑出去当了兵；他现在正在临县驻扎。赵五回来交差，很替二妞高兴——“一大家子人呢，准保有吃有喝；二姑娘有点造化！”他们也答应了提早结婚。

“柳屯的”大概上十回梯子，总有八回看见我：我替夏大嫂办理一切，她既下不了地，别人又不敢帮忙，我自然得卖点力气了半也是为气“柳屯的”。每逢她看见我，张口就骂夏廉，不但不骂我，连夏大嫂也摘干净了。我心里说，自要你不直接冲锋，我便不接碴儿，咱们是心里的劲！

夏廉，有一天晚上找我来了；他头上顶着好几个大青包，很像块长着绿苔的山子石。坐了半天，我们谁也没说话。我心里觉得非常的乱，不知思想什么好：他大概也不甚好受。我为是打破僵局，没想就说了句：“你怎能受她这个呢！”

“我没法子！”他板着脸说，眉毛要皱上，可是不成功，因为那块都肿着呢。

“我就不信一个男子汉——”

他没等我说完，就接了下去：“她也有好处。”

“财产都被你们俩弄过来了，好处？”我没好意的笑着。

他不出声了，两眼看着屋中的最远处；不愿再还口；可是十分不爱听我的话；一个人有一个主意——他愿挨揍而有财产。“柳屯的”，从一方面说，是他的宝贝。

“你干什么来了？”我不想再跟他多费话。

“我——”

“说你的！”

“我——；你是有意跟她顶到头儿吗？”

“夏大嫂是你的元配，二妞是你的女儿！”

他没往下接碴；简单的说了一句：“我怕闹到县里去！”

我看出来了：“柳屯的”是决不能善罢甘休，他管不了；所以来劝告我。他怕闹到县里去——钱！到了县里，没钱是不用想出来的。他不能舍了“柳屯的”：没有她，夏老者是头一个必向儿子反攻的。夏廉有相当的厉害，可是打算大获全胜非仗着“柳屯的”不可。真要闹到县里去，而“柳屯的”被扣起来，他便进退两难了：不设法弄出她来吧，他失去了靠山；弄出她来吧，得花钱；所以他来劝我。

“我不要求你帮助夏大嫂——你自己的妻子；你也不用管我怎样对待‘柳屯的’。咱们就说到这儿吧。”

第二天，“柳屯的”骑着驴，打着伞，到县城里骂去了：由东关骂到西关，还骂的是夏老王八与夏廉。她试试。试试城里有人抓她或拦阻她没有。她始终不放心县里。没人拦她，她打着得胜鼓回来了；当天晚上，她在场院召集布道会，咒诅夏家，并报告她的探险。

战事是必不可避免的，我看准了。只好预备打吧，有什么法子呢？没有大靡乱，是扫不清咱们这个世界的污浊的；以大喻小，我们村里这件事也是如此。

这几天村里的人都用一种特别的眼神看我，虽然我并没想好如何作战——不过是她来，我决不退缩。谣言说我已和那位“军官”勾好，也有人说我在县里打垫妥当；这使我很不自在。其实我完全是“玩玩票”，不想勾结谁。赵五都不肯帮助我，还用说别人？

村里的人似乎永远是圣明的。他们相信好运是有年限的，果然是这样；即使我不信这个，也敌不过他们——他们只要一点偶合的事证明了天意。正在夏家二妞要出阁之前，“柳屯的”被县里拿了去。村里的人知道底细，可是暗中都用手指着我。我真一点也不知道。

过了几天，消息才传到村中来：村里的一位王姑娘，在城里当看护。恰巧县知事的太太生小孩，把王姑娘找了去。她当笑话似的把“柳屯的”一切告诉了知事太太，而知事太太最恨作小老婆的，因为知事颇有弄个“人儿”的愿望与表示。知事太太下命令叫老爷“办”那个娘们，于是“柳屯的”就被捉进去。

村里人不十分相信这个，他们更愿维持“柳屯的”交了五年旺运的说法，而她所以倒霉还是因为我。松儿大爷一半满意，一半慨叹的说：“我说什么来着？出不了三四年，夏家连块土坯也落不下！应验了吧？县里，二三百亩地还不是白填进去！”

夏廉决定了把她弄出来，楞把钱花在县里也不能叫别人得了去——他的爸爸也在内。

夏老者也没闲着，没有“柳屯的”，他便什么也不怕了。

夏家父子的争斗，引起一部分人的注意——张二楞，刘四，冯二头，和宋寡妇等全决定帮助夏廉。“柳屯的”是他们的首领与恩人。连赵五都还替她吹风——“到了县衙门，‘柳屯的’还骂呢，硬到底！没见她走的时候呢，叫四个衙役搀着她！四个呀，衙役！”

夏二妞平平安安的被娶了走。暑天还没过去，夏大嫂便死了；她笑着死的。三妞被她的大姐接了走。夏家父子把夏大嫂的东西给分了。宋寡妇说：“要是‘柳屯的’在家，夏大嫂那份黄杨木梳一定会给了我！夏家那俩爷们一对死王八皮！”

“柳屯的”什么时候能出来，没人晓得。可是没有人忘了她，连孩子们都这样的玩耍：“我当‘柳屯的’，你当夏老头？”他们这样商议；“我当‘柳屯的’！我当‘柳屯的！’我的眼会努着！”大家这么争论。

连我自己也觉得有点对不起她了，虽然我知道这是可笑的。

黑白李

爱情不是他们哥儿俩这档子事的中心，可是我得由这儿说起。

黑李是哥，白李是弟，哥比弟大着五岁。俩人都是我的同学，虽然白李刚一入中学，黑李和我就毕业了。黑李是我的好友，因为常到他家去，所以对白李的事儿我也略知一二。五年是个长距离，在这个时代。这哥儿俩的不同正如他们的外号——黑，白。黑李要是古人，白李是现代的。他们俩并不因此打架吵嘴，可是对任何事的看法也不一致。黑李并不黑；只是在左眉上有个大黑痣。因此他是“黑李”；弟弟没有那么个记号，所以是“白李”；这在给他们送外号的中学生们看，是很逻辑的。其实他俩的脸都很白，而且长得极相似。

他俩都追她——恕不道出姓名了——她说不清到底该爱

谁，又不肯说谁也不爱。于是大家替他们弟兄捏着把汗。明知他俩不肯吵架，可是爱情这玩艺是不讲交情的。

可是，黑李让了。

我还记得清清楚楚：正是个初夏的晚间，落着点小雨，我去找他闲谈，他独自在屋里坐着呢，面前摆着四个红鱼细磁茶碗。我们俩是用不着客气的，我坐下吸烟，他摆弄那四个碗。转转这个，转转那个，把红鱼要一点不差的朝着他。摆好，身子往后仰一仰，像画家设完一层色那么退后看看。然后，又逐一的转开，把另一面的鱼们摆齐。又往后仰身端详了一番，回过头来向我笑了笑，笑得非常天真。

他爱弄这些小把戏。对什么也不精通，可是什么也爱动一动。他并不假充行家，只信这可以养性。不错，他确是个好脾性的人。有点小玩艺，比如粘补旧书等等，他就能平安的销磨半日。

叫了我一声，他又笑了笑，“我把她让给老四了”，按着大排行，白李是四爷，他们的伯父屋中还有弟兄呢。“不能因为个女子失了兄弟们的和气。”

“所以你不是现代人，”我打着哈哈说。

“不是；老狗熊学不会新玩艺了。三角恋爱，不得劲儿。

我和她说了，不管她是爱谁，我从此不再和她来往。觉得很痛快！”

“没看见过？这么讲恋爱的。”

“你没看见过？我还不讲了呢。干她的去，反正别和老四闹翻了。赶明儿咱俩要来这么一出的话，希望不是你收兵，就是我让了。”

“于是天下就太平了？”

我们笑开了。

过了有十天吧，黑李找我来了。我会看，每逢他的脑门发暗，必定是有心事。每逢有心事，我俩必喝上半斤莲花白。我赶紧把酒预备好，因为他的脑门不大亮吗。

喝到第二盅上，他的手有点哆嗦。这个人的心里存不住事。遇上点事，他极想镇定，可是脸上还泄露出来。他太厚道。

“我刚从她那儿来，”他笑着，笑得无聊；可还是真的笑，因是要对个好友道出胸中的闷气。这个人若没有好朋友，是一天也活不了的。

我并不催促他；我俩说话用不着忙，感情都在话中间那些空子里流露出来呢。彼此对看着，一齐微笑，神气和默中的领悟，都比言语更有分量。要不怎么白李一见我俩喝酒就叫我们“一对糟蛋”呢。

“老四跟我好闹了一场，”他说。我明白这个“好”字——第一他不愿说兄弟间吵了架，第二不愿只说弟弟不对，即使弟弟真是不对。这个字带出不愿说而又不能不说的曲折。“因为她。我不好，太不明白女子心理。那天不是告诉我，我让了吗？我是居心无愧之好，她可出了花样。她以为我是故意羞辱她。你说对了，我不是现代人，我把恋爱看成该怎样就怎样的事，敢情人家女子愿意‘大家’在后面追随着。她恨上了我。这么报复一下——我放弃了她，她断绝了老四。老四当然跟我闹了。所以今天又找她去，请罪。她骂我一顿，出出气，或者还能和老四言归于好。我这么希望。哼，她没骂我。她还叫我和老四都作她的朋友。这个，我不能干，我并没这么明对她讲，我上这儿跟你说说。我不干，她自然也不再理老四。老四就得再跟我闹。”

“没办法！”我替他补上这一小句。待了会儿，“我找老四一趟，解释一下？”

“也好。”他端着酒盅楞了会儿，“也许没用。反正我不再和她来往。老四再跟我闹呢，我不言语就是了。”

我们俩又谈了些别的，他说这几天正研究宗教。我知道他的读书全凭兴之所至，决不因为谈到宗教而想他有点厌世，或是精神上有什么大的变动。

哥哥走，弟弟来了。白李不常上我这儿来，这大概是有事。他在大学还没毕业，可是看起来比黑李精明着许多。他这个人，叫你一看，你就觉得他应当到处作领袖。每一句话．他不是领导着你走上他所指出的路子，便是把你绑在断头台上。他没有客气话，和他哥正相反。

我对他也不便太客气了，省得他说我是“糟蛋”。

“老二当然来过了？”他问；黑李是大排行行二。“也当然跟你谈到我们的事？”我自然不便急于回答，因为有两个“当然”在这里。果然，没等我回答，他说了下去：“你知道，我是借题发挥？”

我不知道。

“你以为我真要那个女玩艺？”他笑了，笑得和他哥哥一样，只是黑李的向来不带着这不屑于对我笑的劲儿。“我专为和老二捣乱，才和她来往；不然，谁有工夫招呼她？男与女的关系。从根儿上说，还不是兽欲的关联？为这个，我何必非她不行？老二以为这个兽欲的关系应当叫作神圣的，所以他郑重的向她磕头，及至磕了一鼻子灰，又以为我也应当去磕，对不起，我没那个瘾！”他哈哈的笑起来。

我没笑，也不敢插嘴。我很留心听他的话，更注意看他的脸。脸上处处像他哥哥，可是那股神气又完全不像他的哥哥。这个，使我忽而觉得是和一个顶熟识的人说话，忽而又像和个生人对坐着。我有点不舒坦——看着个熟识的面貌，而找不到那点看惯了的神气。

“你看，我不磕头；得机会就吻她一下。她喜欢这个，至少比受几个头更过瘾。不过，这不是正笔。正文是这个，你想我应当老和二爷在一块儿吗？”

我当时回答不出。

他又笑了笑——大概心中是叫我糟蛋呢。“我有我的前途，我的计划；他有他的。顶好是各走各的路，是不是？”

“是；你有什么计划？”我好容易想起这么一句；不然便太僵得慌了。

“计划，先不告诉你。得先分家，以后你就明白我的计划了。”

“因为要分居，所以和老二吵；借题发挥？”我觉得自己很聪明似的。

他笑着点了头，没说什么，好像准知道我还有一句呢。

我确是有一句：“为什么不明说，而要吵呢？”

“他能明白我吗？你能和他一答一和的说，我不行。我一说分家，他立刻就得落泪。然后，又是那一套——母亲去世的时候，说什么来着？不是说咱俩老得和美吗？他必定说这一套，好像活人得叫死人管着似的。还有一层，一听说分家，他管保不肯，而愿把家产都给了我，我不想占便宜。他老拿我当作‘弟弟’，老拿自己的感情限定住别人的举止，老假装他明白我，其实他是个时代落伍者。这个时代是我的，用不着他来操心管我。”他的脸上忽然的很严重了。

看着他的脸，我心中慢慢的起了变化——白李不仅是看不起“两糟蛋”的狂傲少年了，他确是要树立住自己，我也明白过来，他要是和黑李慢慢的商量，必定要费许多动感情的话，要讲许多弟兄间的情义；即使他不讲，黑李总要讲的。与其这样，还不如吵，省得拖泥带水，他要一刀两断，各自奔前程。再说，慢慢的商议。老二决不肯干脆的答应。老四先吵嚷出来，老二若还不干，便是显着要霸占弟弟的财产了。猜到这里，我心中忽然一亮：

“你是不是叫我对老二去说？”

“一点不错。省得再吵。”他又笑了。“不愿叫老二太难堪了，究竟是弟兄。”似乎他很不喜说这末后的两个字——弟兄。

我答应了给他办。

“把话说得越坚决越好。二十年内，我俩不能作弟兄。”他停了一会儿，嘴角上挤出点笑来。“也给老二想了，顶好赶快结婚，生个胖娃娃就容易把弟弟忘了。二十年后，我当然也落伍了，那时候，假如还活着的话，好回家作叔叔。不过，告诉他，讲恋爱的时候要多吻少磕头，要死追，别死跪着。”他立起来，又想了想，“谢谢你呀”。他叫我明明的觉出来，这一句是特意为我说的，他并不负要说的责任。

为这件事，我天天找黑李去。天天他给我预备好莲花白。吃完喝完说完，无结果而散。至少有半个多月的工夫是这样。我说的，他都明白，而且愿意老四去闯练闯练。可是临完的一句老是“舍不得老四呀！”

“老四的计划？计划？”他走过来，走过去，这么念道。眉上的黑痣夹陷在脑门的皱纹里，看着好似缩小了些。“什么计划呢？你问问他，问明白我就放心了。”

“他不说，”我已经这么回答过五十多次了。

“不说便是有危险性！我只有这么一个弟弟！叫他跟我

吵吧，吵也是好的。从前他不这样，就是近来和我吵。大概还是为那个女的！劝我结婚？没结婚就闹成这样，还结婚！什么计划呢？真！分家？他爱要什么拿什么好了。大概是我得罪了他，我虽不跟他吵，我知道我也有我的主张。什么计划呢？他要怎样就怎样好了，何必分家……”

这样来回磨，一磨就是一点多钟。他的小玩艺也一天比一天增多：占课，打卦，测字，研究宗教……什么也没能帮助他推测出老四的计划，只添了不少小恐怖。这可并不是说，他显着怎样的慌张。不，他依日是那么婆婆慢慢的。他的举止动作好像老追不上他的感情，无论心中怎着急，他的动作是慢的，慢得仿佛是拿生命当作玩艺儿似的逗弄着。

我说老四的计划是指着将来的事业而言，不是现在有什么具体的办法。他摇头。

就这么耽延着，差不多又过了一个多月。

“你看，”我抓住了点理，“老四也不催我，显然他说的是长久之计，不是马上要干什么。”

他还是摇头。

时间越长，他的故事越多。有一个礼拜天的早晨，我看见他进了礼拜堂。也许是看朋友，我想。在外面等了他会儿。

他没出来。不便再等了，我一边走一边想：老李必是受了大的刺激——失恋，弟兄不和，或者还有别的。只就我知道的这两件事说，大概他已经支持不下去。他的动作仿佛是拿生命当作小玩艺，那正是因他对任何小事都要慎重的考虑。茶碗上的花纹摆不齐都觉得不舒服。那一件小事也得在他心中摆好，摆得使良心上舒服。上礼拜堂去祷告，为是坚定良心。良心是古圣先贤给他制备好了的，可是他又不愿将一切新事新精神一笔抹杀。结果，他“想”怎样老不如“已是”怎样来得现成，他不知怎样才好。他大概是真爱她，可是为弟弟不能不放弃她，而且失恋是说不出口的。他常对我说，“咱们也坐一回飞机”。说完，他一笑，不是他笑呢，是“身体发肤，受之父母”笑呢。

过了晌午，我去找他。按说一见面就得谈老四，在过去的一个多月都是这样。这次他变了花样，眼睛很亮，脸上有点极静适的笑意，好像是又买着一册善本的旧书。

“看见你了”，我先发了言。

他点了点头，又笑了一下，“也很有意思”！

什么老事情被他头次遇上，他总是说这句。对他讲个闹鬼的笑话，也是“很有意思”！他不和人家辩论鬼的有无，他信那个故事，“说不定世上还有比这更奇怪的事”。据他看，什么事都是可能的。因此，他接受的容易，可就没有什么精到的见解。他不是不想多明白些，但是每每在该用脑子的时候，他用了感情。

“道理都是一样的，”他说，“总是劝人为别人牺牲。”

“你不是已经牺牲了个爱人？”我愿多说些事实。

“那不算，那是消极的割舍，并非由自己身上拿出点什么来。这十来天，我已经读完‘四福音书’。我也想好了，我应当分担老四的事，不应当只不准他离开我。你想想吧，设若他真是专为分家产，为什么不来跟我明说？”

“他怕你不干，”我回答。

“不是！这几天我用心想过了，他必是真有个计划，而且是有危险性的。所以他要一刀两断，以免连累了我。你以为他年青，一冲子性？他正是利用这个骗咱们；他实在是体谅我，不肯使我受屈。把我放在安全的地方，他好独作独当的去干。必定是这样！我不能撒手他，我得为他牺牲！母亲临去世的时候——”他没往下说，因为知道我已听熟了那一套。

我真没想到这一层。可是还不深信他的话；焉知他不是受了点宗教的刺激而要充分的发泄感情呢？

我决定去找白李，万一黑李猜得不错呢！是，我不深信他的话，可也不敢耍悬虚。

怎么找也找不到白李。学校，宿舍，图书馆，网球场，小饭铺，都看到了，没有他的影儿。和人们打听，都说好几天没见着他。这又是白李之所以为白李；黑李要是离家几天，连好朋友们他也要通知一声。白李就这么人不知鬼不觉的不见了。我急出一个主意来——上“她”那里打听打听。

她也认识我，因为我常和黑李在一块儿。她也好几天没见着白李。她似乎很不满意李家兄弟，特别是对黑李。我和她打听白李，她偏跟我谈论黑李。我看出来，她确是注意——假如不是爱——黑李。大概她是要圈住黑李，作个标本。有比他强的呢，就把他免了职；始终找不到比他高明的呢，最后也许就跟了他。这么一想，虽然只是一想，我就没乘这个机会给他和她再撮合一下；按理说应当这么办，可是我太爱老李，总觉得他值得娶个天上的仙女。

从她那里出来，我心中打开了鼓。白李上哪儿去了呢？不能告诉黑李！一叫他知道了，他能立刻登报找弟弟，而且要在半夜里起来占课测字。可是，不说吧，我心中又痒痒。干脆不找他去？也不行。

走到他的书房外边，听见他在里面哼唧呢。他非高兴的时候不哼唧着玩。可是平日他哼唧，不是诗便是那句代表一切歌曲的“深闺内，端的是玉无瑕”。这次的哼唧不是这些。我细听了听，他是练习圣诗呢。他没有音乐的耳朵，无论什么，到他耳中都是一个味儿。他唱出的时候，自然也还是一个味儿。无论怎样吧，反正我知道他现在是很高兴。为什么事高兴呢？

我进到屋中，他赶紧放下手中的圣诗集，非常的快活：“来得正好，正想找你去呢！老四刚走。跟我要了一千块钱去。没提分家的事，没提！”

显然他是没问弟弟，那笔钱是干什么用。要不然他不能这么痛快。他必是只求弟弟和他同居，不再管弟弟的行动；好像即使弟弟有带危险的计划，自要不分家，便也没什么可怕的了。我看明白了这点。

“祷告确是有效，”他郑重的说。“这几天我天天祷告，果然老四就不提那回事了。即使他把钱都扔了，反正我还落下个弟弟！”

我提议喝我们照例的一壶莲花白。他笑着摇摇头：“你喝吧，我陪着吃菜，我戒了酒。”

我也就没喝，也没敢告诉他，我怎么各处去找老四。老四既然回来了，何必再说？可是我又提起“她”来。他连接碴儿也没接，只笑了笑。

对于老四和“她”，似乎全没什么可说的了。他给我讲了些圣经上的故事。我一面听着，一面心中嘀咕——老李对弟弟与爱人所取的态度似乎有点不大对；可是我说不出所以然来。我心中不十分安定，一直到回在家中还是这样。

又过了四五天，这点事还在我心中悬着。有一天晚上，王五来了。他是在李家拉车，已经有四年了。

王五是个诚实可靠的人，三十多岁，头上有块疤——据说是小时候被驴给啃了一口。除了有时候爱喝口酒，他没有别的毛病。

他又喝多了点，头上的疤都有点发红。

“干吗来了，王五？”我和他的交情不错，每逢我由李家回来得晚些，他总张罗把我拉回来，我自然也老给他点酒钱。

“来看看你，”说着便坐下了。

我知道他是来告诉我点什么。“刚沏上的茶，来碗？”

“那敢情好；我自己倒；还真有点渴！”

我给了他支烟卷，给他提了个头儿：“有什么事吧？”

“哼，又喝了两壶，心里痒痒；本来是不应当说的事！”

他用力吸了口烟。

“要是李家的事，你对我说了准保没错。”

“我也这么想，”他又停顿了会儿，可是被酒气催着，似乎不能不说：“我在李家四年零三十五天了！现在叫我很难。二爷待我不错，四爷呢，简直是我的朋友。所以不好办。四爷的事，不准我告诉二爷；二爷又是那么傻好的人。对二爷说吧，又对不起四爷——我的朋友。心里别提多么为难了！论理说呢，我应当向着四爷。二爷是个好人，不错；可究竟是个主人。多么好的主人也还是主人，不能肩膀齐为弟兄。他真待我不错，比如说吧，在这老热天，我拉二爷出去，他总设法在半道上耽搁会儿，什么买包洋火呀，什么看看书摊呀，为什么？为是叫我歇歇，喘喘气。要不怎说，他是好主人呢，他好，咱也得敬重他，这叫作以好换好。久在街上混，还能不懂这个？”

我又让了他碗茶，显出我不是不懂“外面”的人。他喝完，用烟卷指着胸口说：“这儿，咱这儿可是爱四爷。怎么呢？四爷年青，不拿我当个拉车的看。他们哥儿俩的劲儿——心里的劲儿——不一样。二爷吧，一看天气热就多叫我歇会儿，四爷就不管这一套，多么热的天也说拉着他飞跑。可是四爷和我聊起来的时候；他就说，证什么人应当拉着人呢？他是为我们拉车的——天下的拉车的都算在一块儿——抱不平。二爷对‘我’不错，可想不到大家伙儿。所以你看，二爷来的小，四爷来的大。四爷不管我的腿，可是管我的心；二爷是家长里短，可怜我的腿，可不管这儿。”他又指了指心口。

我晓得他还有话呢，直怕他的酒气被酽茶给解去，所以又紧他一板：“往下说呀，王五！都说了吧，反正我还能拉老婆舌头，把你搁里！”

他摸了摸头上的疤，低头想了会儿。然后把椅子往前拉了拉，声音放得很低：“你知道，电车道快修完了？电车一开，我们拉车的全玩完！这可不是为我自个儿发愁，是为大家伙儿。”他看了我一眼。

我点了点头。

“四爷明白这个；要不怎么我俩是朋友呢。四爷说：王五，想个办法呀！我说：四爷，我就有一个主意，揍！四爷说：王五，这就对了，揍！一来二去，我们可就商量好了。这我不能告诉你。我要说的是这个，”他把声音放得很低了，“我看见了，侦探跟上了四爷！未必然是为这件事，可是叫侦探跟着总不妥当。这就来到坐蜡的地方了：我要告诉二爷吧：对不起四爷；

不告诉吧，又怕把二爷也饶在里面。简直的没法儿！”

把王五支走，我自己琢磨开了。

黑李猜的不错，白李确是有个带危险性的计划。计划大概不一定就是打电车，他必定还有厉害的呢。所以要分家，省得把哥哥拉扯在内。他当然是不怕牺牲，也不怕牺牲别人，可是还不肯一声不发的牺牲了哥哥——把黑李牺牲了并无济于事。电车的事来到眼前，连哥哥也顾不得了。

我怎办呢？警告黑李是适足以激起他的爱弟弟的热情。劝白李，不但没用，而且把王四搁在里边。

事情越来越紧了，电车公司已宣布出开车的日子。我不能再耗着了，得告诉黑李去。

他没在家，可是王五没出去。

“二爷呢？”

“出去了。”

“没坐车？”

“好几天了，天天出去不坐车？”

由王五的神气，我猜着了：“王五，你告诉了他？”

王五头上的疤都紫了：“又多喝了两盅不由的就说了。”

“他呢？”

“他直要落泪。”

“说什么来着？”

“问了我一句老五，你怎样？我说，王五听四爷的。他说了声，好。别的没说，天天出去，也不坐车。”

我足足的等了三点钟，天已大黑，他才回来。

“怎样？”我用这两个字问到了一切。

他笑了笑，“不怎样。”

决没想到他这么回答我。我无须再问了，他已决定了办法。我觉得非喝点酒不可，但是独自喝有什么味呢。我只好走吧。临别的时候，我题了句：“跟我出去玩几天，好不好？”

“过两天再说吧。”他没说别的。

感情到了最热的时候是会最冷的。想不到他会这样对待我。

电车开车的头天晚上，我又去看他。他没在家，直等到半夜，他还没回来。大概是故意的躲我。

王五回来了，向我笑了笑，“明天！”

“二爷呢？”

“不知道。那天你走后，他用了不知什么东西，把眉毛上的黑痣子烧去了，对着镜子直出神。”

完了，没了黑痣，便是没有了黑李。不必再等他了。

我已经走出大门，王五把我叫住：“明天我要是——”他摸了摸头上的疤，“你可照应着点我的老娘！”

约摸五点多钟吧，王五跑进来，跑得连裤子都湿了。“全——揍了！”他再也说不出话来。直喘了不知有多大工夫，他才缓过气来，抄起茶壶对着嘴喝了一气。“啊！全揍了！马队冲下来，我们才散。小马六叫他们拿去了，看得真真的。我们吃亏没有家伙，专仗着砖头哪行！小马六要玩完。”

“四爷呢？”我问。

“没看见。”他咬着嘴唇想了想，“哼，事闹得不小！要是拿的话呀，准保是拿四爷。他是头目。可也别说，四爷并不傻，别看他青年。小马六要玩完，四爷也许不能。”

“也没看见二爷？”

“他昨天就没回家。”他又想了想，“我得在这儿藏两天。”

“那行。”

第二天早晨，报纸上登出——砸车暴徒首领李——当场被获一同被获的还有一个学生，五个车夫。

王五看着纸上那些字只认得一个“李”字，“四爷玩完了！四爷玩完了！”低着头假装抓那块疤，泪落在报上。

消息传遍了全城，枪毙李——和小马六，游街示众。

毒花花的太阳，把路上的石子晒得烫脚，街上可是还挤满了人。一辆敞车上坐着两个人，手在背后捆着。土黄制服的巡警，灰色制服的兵，前后押着，刀光在阳光下发着冷气。车越走越近了，两个白招子随着车轻轻的颤动。前面坐着的那个，闭着眼，额上有点汗，嘴唇微动，像是祷告呢。离我不远，他在我头前坐着摆动过去。我的泪迷住了我的心。等车过去半天，我才醒了过来，一直跟着车走到行刑场。他一路上连头也没抬一次。

他的眉皱着点，嘴微张着，胸上汪着血，好像死的时候还正在祷告。我收了他的尸。

过了几个月，我在上海遇见了白李，要不是我招呼他，他一定就跑过去了。

"老四！"我喊了他一声。

"啊？"他似乎受了一惊。"呕，你？我当是老二复活了呢。"

大概我叫得很像黑李的声调，并非有意的，或者是在我心中活着的黑李替我叫了一声。

白李显着老了一些，更像他的哥哥了。我们两并没说多少话，他好似不大愿意和我多谈。只记得他的这么两句：

“老二大概是进了天堂，他在那里顶合适了；我还在这儿砸地狱的门呢。”

马裤先生

火车在北平东站还没开，同屋那位睡上铺的穿马裤，戴平光的眼镜，青缎子洋服上身，胸袋插着小楷羊毫，足蹬青绒快靴的先生发了问："你也是从北平上车？"很和气的。

我倒有点迷了头，火车还没动呢，不从北平上车，难道由——由哪儿呢？我只好反攻了："你从哪儿上车？"很和气的。我希望他说是由汉口或绥远上车，因为果然如此，那么中国火车一定已经是无轨的，可以随便走走；那多么自由！

他没言语。看了看铺位，用尽全身——假如不是全生——的力气喊了声，"茶房！"

茶房正忙着给客人搬东西，找铺位。可是听见这么紧急的一声喊，就是有天大的事也得放下，茶房跑来了。

"拿毯子！"马裤先生喊。

“请少待一会儿，先生，”茶房很和气地说，“一开车，马上就给您铺好。”

马裤先生用食指挖了鼻孔一下，别无动作。

茶房刚走开两步。

“茶房！”这次连火车好似都震得直动。

茶房像旋风似的转过身来。

“拿枕头，”马裤先生大概是已经承认毯子可以迟一下，可是枕头总该先拿来。

“先生，请等一等，您等我忙过这会儿去，毯子和枕头就一齐全到。”茶房说的很快，可依然是很和气。

茶房看马裤客人没任何表示，刚转过身去要走，这次火车确是哗啦了半天，“茶房！”

茶房差点吓了个跟头，赶紧转回身来。

“拿茶！”

“先生，请略微等一等，一开车茶水就来。”

马裤先生没任何的表示。茶房故意的笑了笑，表示歉意。然后搭讪着慢慢的转身，以免快转又吓个跟头。转好了身，腿刚预备好要走，背后打了个霹雳，“茶房！”

茶房不是假装没听见，便是耳朵已经震聋，竟自没回头，一直的快步走开。

“茶房！茶房！茶房！”马裤先生连喊，一声比一声高：站台上送客的跑过一群来，以为车上失了火，要不然便是出了人命。茶房始终没回头。马裤先生又挖了鼻孔一下，坐在我的床上。刚坐下，“茶房！”茶房还是没来。看着自己的磕膝，脸往下沉，沉到最长的限度，手指一挖鼻孔，脸好似刷的一下又纵回去了。然后，“你坐二等？”这是问我呢。我又毛了，我确是买的二等，难道上错了车？

“你呢？”我问。

“二等。这是二等。二等有卧铺。快开车了吧？茶房！”

我拿起报纸来。

他站起来，数他自己的行李，一共八件，全堆在另一卧铺上——两个上铺都被他占了。数了两次，又说了话，“你的行李呢？”

我没言语。原来我误会了：他是善意，因为他跟着说，“可恶的茶房，怎么不给你搬行李？”

我非说话不可了：“我没有行李。”

“呕？！”他确是吓了一跳，好像坐车不带行李是大逆不道似的。“早知道，我那四只皮箱也可以不打行李票了！”

这回该轮着我了，“呕？！”我心里说，“幸而是如此，不然的话，把四只皮箱也搬进来，还有睡觉的地方啊？！”

我对面的铺位也来了客人，他也没有行李，除了手中提着个扁皮夹。

“呕？！”马裤先生又出了声，“早知道你们都没行李，那口棺材也可以不另起票了？”

我决定了。下次旅行一定带行李；真要陪着棺材睡一夜，谁受得了！

茶房从门前走过。

“茶房！拿手巾把！”

“等等，”茶房似乎下了抵抗的决心。

马裤先生把领带解开，摘下领子来，分别挂在铁钩上：所有的钩子都被占了，他的帽子，大衣，已占了两个。

车开了，他登时想起买报，“茶房！”

茶房没有来。我把我的报赠给他；我的耳鼓出的主意。

他爬上了上铺，在我的头上脱靴子，并且击打靴底上的土。枕着个手提箱，用我的报纸盖上脸，车还没到永定门，他睡着了。

我心中安坦了许多。

到了丰台，车还没站住，上面出了声，“茶房！”

没等茶房答应，他又睡着了；大概这次是梦话。

过了丰台，茶房拿来两壶热茶。我和对面的客人——一位四十来岁平平无奇的人，脸上的肉还可观——吃茶闲扯。大概还没到廊房，上面又打了雷，“茶房！”

茶房来了，眉毛拧得好像要把谁吃了才痛快。

“干吗？先——生——”

“拿茶！”上面的雷声响亮。

“这不是两壶？”茶房指着小桌说。

“上边另要一壶！”

“好吧！”茶房退出去。

“茶房！”

茶房的眉毛拧得直往下落毛。

“不要茶，要一壶开水！”

“好啦！”

“茶房！”

我直怕茶房的眉毛脱净！

“拿毯子，拿枕头，打手巾把，拿——”似乎没想起拿什么好。

“先生，您等一等。天津还上客人呢；过了天津我们一总收拾，也耽误不了您睡觉！”茶房一气说完，扭头就走，好像永远不再想回来。

待了会儿，开水到了，马裤先生又入了梦乡，呼声只比“茶房”小一点。可是匀调而且是继续的努力，有时呼声稍低一点。用咬牙来补上。

“开水，先生！”

“茶房！”

“就在这哪；开水！”

“拿手纸！”

“厕所里有。”

“茶房！厕所在哪边？”

“哪边都有。”

“茶房！”

“回头见。”

“茶房！茶房！！茶房！！！”

没有应声。

“呼——呼呼——呼”又睡了。

有趣！

到了天津。又上来些旅客。马裤先生醒了，对着壶嘴喝了一气水。又在我头上击打靴底。穿上靴子，出溜下来，食指挖了鼻孔一下，看了看外面。“茶房！”

恰巧茶房在门前经过。

“拿毯子！”

“毯子就来。”

马裤先生出去，呆呆的立在走廊中间，专为阻碍来往的旅客与脚夫。忽然用力挖了鼻孔一下，走了。下了车，看看梨，没买；看看报，没买；看看脚行的号衣，更没作用。又上来了，向我招呼了声，“天津，唉？”我没言语。他向自己说，“问问茶房，”紧跟着一个雷，“茶房！”我后悔了，赶紧的说，“是天津，没错儿。”

“总得问问茶房；茶房！”

我笑了，没法再忍住。

车好容易又从天津开走。

刚一开车，茶房给马裤先生拿来头一份毯子枕头和手巾把。马裤先生用手巾把耳孔鼻孔全钻得到家，这一把手巾擦了至少有一刻钟，最后用手巾擦了擦手提箱上的土。

我给他数着，从老站到总站的十来分钟之间，他又喊了四五十声茶房。茶房只来了一次，他的问题是火车向哪面走呢？茶房的回答是不知道；于是又引起他的建议，车上总该有人知道，茶房应当负责去问。茶房说，连驶车的也不晓得东西南北。于是他几乎变了颜色，万一车走迷了路！？茶房没再回答，可是又掉了几根眉毛。

他又睡了，这次是在头上摔了摔袜子，可是一口痰并没往下唾，而是照顾了车顶。

我睡不着是当然的，我早已看清，除非有一对“避呼耳套”当然不能睡着。可怜的是别屋的人，他们并没预备来熬夜，可是在这种带钩的呼声下，还只好是白瞪眼一夜。

我的目的地是德州，天将亮就到了。谢天谢地！

车在此处停半点钟，我雇好车，进了城，还清清楚楚的听见“茶房！”

一个多礼拜了，我还惦记着茶房的眉毛呢。

“火”车

除夕。阴历的，当然。国历的那个还未曾算过数儿。

火车开了。车悲鸣，客轻叹。有的算计着：七，八，九，十。十点到站，夜半可以到家；不算太晚，可是孩子们恐怕已经睡了；架上放着罐头、干鲜果品、玩具。看一眼，似乎听到唤着“爸”，呆呆地出神。有的知道天亮才能到家，看看车上的人，连一个长得像熟人的都没有。到家，已是明年了！有的……车走得多慢！心已到家一百多次了，身子还在车上。吸烟，喝水，打哈欠，盼望，盼望，扒着玻璃看看，漆黑，渺茫。回过头来，大家板着脸；低下头，泪欲流，打个哈欠。

二等车上人不多。胖胖的张先生和细瘦的乔先生对面坐着。二位由一上车就把绒毯铺好，为独据一条凳。及至车开了，而车上旅客并不多，二位感到除夕奔驰的凄凉，同时也微觉独占一凳的野心似乎太小了些。同病相怜：二人都拿着借用免票，而免票早一天也匀不出来。意见相合：有免票的人教你等到年底，你就得等到年底；而有免票的人就是愿意看朋友干着急，等得冒火！同声慨叹：今日的朋友——哼，朋友！——远非昔日可比了，免票非到除夕不撒手，还得搭老大的人情呀！一齐点头：把误了过年的罪过统统归到朋友身上，平常日子借借免票，倒还顺利，单等到年底才咬牙，看人一手儿！一齐没好意思出声：真他妈的！

胖张先生脱下狐皮马褂，想盘腿坐一会儿；太胖，坐不牢；车上也太热，胖脑门上挂了汗，“茶房，打把手巾！”又对瘦乔先生，“车里老弄这么热干吗？坐飞机大概可以凉爽一点。”

乔先生早已脱去大衣，穿着西皮筩的皮袍，套着青缎子坎肩，并不觉得热，“飞机也有免票，不难找，可是——”瘦瘦的一笑。

“总以不冒险的为是！”张先生试着劲儿往上盘两只胖腿，还不易成功。“茶房，手巾！”

茶房——四十多岁，脖子很细很长，似乎可以随时把脑袋摘下来，再安上去，一点也不费事——攥着满手的热毛巾，很想热心服务，可是委屈太大了，一进门便和小崔聊起来，“看见了没有？二十七，二十八，连跟了两次车，算计好了大年三十歇班。好，事到临期，刘先生上来了：老五，三十还得跑一趟呀！唉，看见了没有？路上一共六十多伙计，单短我这么一个！过年不过，没什么；单说这股子别扭劲！”长脖子往胖张先生那边探了探，毛巾换了手，揭起一条来，让小崔，“擦一把！我可就对刘先生说了：过年不过没什么，大年三十‘该’我歇班。跑了一年的车了，恰好赶上这么个巧当儿！六十多伙计，单缺我……”长脖子像倒流瓶儿似的，上下咕噜着气泡，憋得很难过。把小崔的毛巾接过来，才又说出话来，“妈的不用混了，不干了，告诉你，事情妈的来得邪！一年到头，好容易……”

小崔的绿脸上泛出一点活儿气来，几乎可以当作笑意；头微微地点着，又要往横下里摇着；很想同情于老五，而决不肯这么轻易地失去自己的圆滑。自车长至老五，连各站上的挂钩的，都是小崔的朋友，他的瘦绿脸便是二等车票，就是闹到铁道部去大概也没人能否认这张特别车票的价值，正如同谁也晓得他身上老带着那么一二百两烟土而不能不承认他应当带着。小崔不能得罪人，对朋友们的委屈他都晓得，可就是不能给任何人太大的脸，而引起别人吃醋。他，谁也不得罪，所以谁也不怕，小崔这张车票——或是绿脸——印着全部人生的智慧。

“×，谁不是一年到头穷忙！”小崔想道出些自家的苦处，给老五一点机会抒散抒散心中的怨恨，像亚里士多德所说的悲剧的效果那样，“我还不是这样？大年三十还得跑这么一趟！这还不提，明天，大年初一，妈的还得看小红去！人家初一出门朝着财神爷走，咱去找那个臭×，×！”绿嘴唇咧开，露出几个乌牙；绿嘴唇并上，鼓起，啪，一口唾液，唾在地上。

老五果然忘了些自家的委屈，同病相怜，向小崔颤了颤长脖子，近似善表情的骆驼。毛巾已凉，回去重新用热水浇过；回来，经过小崔的面前，不再说什么，只微一闭眼，尚有余怨。车摇了一下，他身子微偏，把自己投到苟先生身旁。“擦一把！大年三十才动身？”问苟先生，以便重新引起自己的牢骚，对苟先生虽熟，而熟的程度不似对小崔那么高，所以须小小地绕个弯儿。

苟先生很体面，水獭领的青呢大衣还未曾脱去，崭新的青缎子小帽也还在头上，衣冠齐楚，端坐如仪，像坐在台上，等着向大家致辞的什么大会主席似的。接过毛巾，手伸出老远，为是把大衣的袖子缩短一些。然后，胳臂不往回蜷，而画了个大半圆圈，手找到了脸，擦得很细腻而气派。把脸擦亮，更显出方头大耳朵的十分体面。只对老五点了点头，没有解释为什么在除夕旅行的必要。

“您看我们这个苦营生！”老五不愿意把苟先生放过去，可也不便再重述刚才那一套，更要把话说得有尺寸，正好于敬意之中带着些亲热，“三十晚上该歇，还不能歇！没办法！”接过来手巾，“您再来一把？”

苟先生摇了摇头，既拒绝了第二把毛巾，又似乎是为老五伤心，还不肯说什么。路上谁不晓得苟先生是宋段长的亲戚，白坐二等车是当然的，而且要拿出点身份，不能和茶房一答一和地谈天。

老五觉得苟先生只摇了摇头有点发秃，可是宋段长的亲戚既已只摇了头也就得设法认为满意。车又摇动得很厉害，他走着浪木似的走到车中间，把毛巾由麻花形抖成长方，轻巧而郑重地提着两角，“您擦吧？”张先生的胖手心接触到毛巾最热的部分，往脸上一捂，而后用力地擦，像擦着一面镜子。“您——”老五让乔先生。乔先生不大热心擦脸，只稍稍地把鼻孔中与指甲里的细腻而肥美的，可以存着也可以不存着的黑物让给了毛巾。

“待会儿就查票，”老五不便于开口就对生客人发牢骚，所以稍微往远处支了一笔，“查过票去，二位该歇着了，要枕头自管言语一声。车上没什么人，还可以睡一会儿。大年三十，您二位也在车上过了！我们跟车……无法！”不便说得太多了，看看二位的神气再讲。又递给张先生一把，张先生不愿再卖那么大力量，可是刚推过的短发上还没有擦过，需要擦几把，而头皮上是须用力气的。很勉强，擦完，吐了口气。乔先生没要第二把，怕力气都教张先生卖了，乃轻轻地用刚被毛巾擦过的指甲剔着牙。

“车上干吗弄这么热？！”张先生把毛巾扔给老五。

“您还是别开窗户，一开，准着凉！车上的事，没人管，我告诉您！”老五急转直下地来到本题，“您就说，一年到头跑车，好容易盼着大年三十歇一天，好，得了，什么也甭说了……”

老五的什么也甭说了也一半因为车到了一小站。

三等车下去几个人，都背着包，提着篮，匆匆地往站外走，又忽然犹豫了一下，唯恐落在车上一点什么东西。不下车的扒着玻璃往外看，有点羡慕人家已到了家，而急盼着车再快开了。二等车上没有下去的，反倒上来七八个军人，皮鞋山响，皮带油亮，搭上来四包特别加大的花炮，血红的纸包，印着金字。花炮太大，放在哪里也不合适，皮鞋乱响，前后左右挪动，语气粗壮，主意越多越没有决定。“就平放在地上！”营副发了言。“放在地上！”排长随着。一齐弯腰，立直，啪啪，立正敬礼。营副还礼，“好啦，回去！”排长还礼，“回去！”皮鞋乱响，灰帽、灰裹腿、皮带，一齐往外活动。“快下！”噜——笛声；闷——车头放响。灯光，人影，轮声，浮动。车又开了。

老五似乎有事，又似乎没事，由这头走到那头，看了看营副及排长，又看了看地上的爆竹，没敢言语，坐下和小崔聊起来。他还是抱怨那一套，把不能歇班的经过又述说了一回，比上次更详细满意。小崔由小红说到大喇叭，都是臭 ×。

老五心中微微有点不放心那些爆竹，又蹓回来。营副已然卧倒，似乎极疲乏，手枪放在小几上。排长还不敢卧倒，只摘了灰帽，拼命地抓头皮。老五没敢惊动营副，老远就向排长发笑，“那什么，我把这些炮放在上面好不好？”

“干吗？”排长正把头皮抓到歪着嘴吸气的程度。

“怕叫人给碰了，”老五缩着脖子说。

“谁敢碰?！干吗碰?！”排长的单眼皮的眼瞪得极大而并不威严。

“没关系，”老五像头上压了块极大的石头，笑得脸都扁了，“没关系！您这是上哪儿?”

“找揍！”排长心中极空洞，而觉得应当发脾气。

老五知道没有找揍的必要，轻轻地退到张先生这边，“这就查票了，您哪。”

张先生此时已和乔先生一胖一瘦的说得挺投缘。张先生认识子清，乔先生也认识子清，说起来子清还是乔先生的远亲呢。由子清引出干臣，张先生乔先生又都晓得干臣：坐下就能打二十圈，输掉了脑袋，人家干臣不能使劲摔一张牌，老那么笑不唧儿的，外场人，绝顶聪明。嗯，是去年，还是前年，干臣还娶了个人儿，漂亮，利落！干臣是把手，朋友！

查票：头一位，金箍帽，白净子，板着脸，往远处看。第二位，金箍帽，黑矮子，满脸笑意，想把头一位金箍帽的硬气调剂一下；三等车，二金箍帽的脸都板起；二等车，一板一开；头等车，都笑。第三位，天津大汉，手枪，皮带，子弹俱全。第四位，山东大汉，手枪，子弹，外加大刀。第五位，老五，细长脖挺也不好、缩也不好，勉强向右边歪着。从小崔那边进来的。

小崔的绿脸乌牙早在大家的记忆中，现在又见着了，小崔笑，大家反倒稍觉不得劲。头号金箍帽，眼视远处，似略有感触，把手中银亮的小剪子在腿上轻碰。第二金箍帽和小崔点点头。天津大汉一笑，赶紧板脸，似电灯的忽然一明一灭。山东大汉的手摸了摸帽檐，有许多话要对小崔说，暂且等会儿，眼神很曲折。老五似乎很替小崔难堪，所以须代大家向他道歉，“坐，坐，没多少客人，回来说话！”小崔略感孤寂，绿脸上黑了一下，坐下。

老五赶到面前去，“荀先生！”头号金箍帽觉得老五太张道好事，手早交给荀先生，“段长好吧？怎么今天才动身？”荀先生笑，更体面了许多，手退回来，拱起，有声无字说了些什么，客气的意思很可以使大家想象到。二位大汉愣着，怪僵，搭不上话，虽身份不够，但维持住尊严，腰挺得如板。

老五看准了当儿，轻步上前，报告张乔二位先生，查票。接过来，知是免票。乃特别加紧的恭敬。张先生的票退回；乔先生的稍迟，因为票上注明是女性，而乔先生是男子汉，实无可疑。二金箍帽的头稍凑近一处，极快地离开，暗中谅解：除夕原可女变为男。老五双手将票递回，甚多歉意。

营副已打呼。排长见查票的来到，急把脚放在椅上，表示就寝，不可惊动。大家都视线下移，看地上的巨炮。山东大汉点头佩服，爆竹真长且大。天津大汉对二号金箍帽，“准是给曹旅长送去的！”听者无异议，一齐过去。到了车门，头号金箍帽下令给老五，“叫他们把炮放到上边去！”二号金箍帽补充上，亦可以略减老五的困难，“你给他们搬上去！”老五连连点头，脖子极灵动，口中不说，心里算好，“你们既不敢去说，我只好点头而已。点头与作不作向来相距很远。”天津大汉最为慎重：“准是给曹旅长送去的。”

老五心中透亮，知爆竹必不可动。

老五回到小崔那里，由绿脸上的锈暗，他看出小崔需要一杯开水。没有探问，他就把开水拿来。小崔已顾不得表示谢意，掏出来——连老五也没看清——一点什么，右手大拇指按在左手的手心上，左手弯如一弓鞋。咧嘴，脸绿得要透白，有汗气，如受热放芽之洋葱。弓鞋扣在嘴上，微有起落，闭目，唇就水盃，瘦腮稍作漱势；纳气，喉内作响；睁开眼，绿脸上分明有笑纹。

“比饭要紧！”老五歪着头赞叹。

“比饭要紧！”小崔神足，所以话也直爽。

荀先生没法再不脱去大衣。脱下，眼珠欲转而定、欲定而转，一面是想把大衣放在最妥当的地方，一面是展示自己的态度臃肿。衣钩太低，挂上去，衣的下半截必窝在椅上，或至出一二小褶。平放在空椅上，又嫌离自己稍远，减少水獭领与自己的亲密关系，亦不能久放在怀中，正如在公众场所不便置妾于膝上。不能决定。眼珠向上转去，架上放着自己的行李十八件：四卷，五篮，二小筐，二皮箱，一手提箱，二瓶，一报纸包，一书皮纸包！一！二！三！四……占地方长约二丈余，没有压挤之虞，尚满意。大衣仍在怀中，几乎无法解决，更须端坐。

快去过年，还不到家！快去过年，还不到家！轮声这样催动。可是跑得很慢。星天起伏，山树村坟集团的往后急退，冲开一片黑暗，奔入另一片黑暗；上面灰烟火星急躁地冒出、后退；下面水点白汽流落，落在后边。跑，跑，不喘气，飞驰。一片黑，黑得复杂，过去了；一边黑，黑得空洞，过去了。一片积雪，一列小山，明一下，暗一下，过去了。但是，还慢，还慢，快去过年，还不到家！车上，灯明，气暖，人焦躁。没有睡意，快去过年，还不到家！辞岁，祭神，拜祖，春联，爆竹，饺子，杂拌儿，美酒佳肴，在心里，在口中，在耳旁，在鼻端，刚要笑，转成愁，身在车上，快去过年，还不到家！车外，黑影，黑影，星天起伏，积雪高低，没有人声，没有车马，全无所见，一片退不完、走不尽的黑影，抱着扯着一列灯明气暖的车，似永不撒手，快去过年，还不到家……

张先生由架上取下两瓶白酒来，一边涮茶碗，一边说："弟兄一见如故！咱们喝喝。到家过年，在车上也得过年，及时行乐！尝尝！真正二十年营口原封，买不到，我和一位'满洲国'的大官匀来的。来，杀口！"

乔先生不好意思拒绝，也不好意思就这么接着。眼看着碗，手没处放，心里想主意。他由架上取下个大纸包来，轻轻地打开，里面还有许多小纸包，逐一地用手指摸过，如药铺伙计抓完了药对着药方摸摸药包那样。摸准了三包：干荔枝，金丝枣，五香腐干，都打开，对着酒碗才敢发笑，"一见如故！彼此不客气了！"

张先生的胖手捏破了一个荔枝，啪，响得有意思，恰似过年时节应有的响声。看着乔先生喝了一口酒，还看着，等酒已走下去才问："怎样？"

"太好了！"乔先生团着点舌头，似不肯多放走口中的酒香，"太好了！有钱也买不到！"

对喝。相让。慢慢地脸全红起来。随便地说，谈到家里，谈到职业，谈到朋友，谈到挣钱的不易，谈到免票……碗碰了碗，心碰了心，眼中都微湿，心中增多了热气与热烈，不能不慷慨：乔先生又打开一包蜜饯金橘。张先生本也想取下些纸包来，可是看了看酒，两瓶，乃就题发挥，消极地表示自家并不吝啬，“全得喝上！一人一瓶，一滴也不能剩！这个年过得还真不离呢！酒不醉人。哥儿俩投缘，喝多少也不碍事！干上！”

“我的量可——”

“没的话！二十年的原封，决不能出毛病！大年三十交的朋友，前缘！”

乔先生颇受感动，“好，我舍命陪君子！”

小崔也不怎么有点心事似的，谈着谈着老五觉得有到饭车上找点酒食的必要，而让小崔安静地忍个盹儿。“怎么着？饭车上去？”老五立起来，向车里瞭望。

小崔没拾茬儿。老五见苟先生已躺下，一双脚在椅子扶手上伸着，新半毛半线的棕黄色袜子还带着中间那道折儿。张乔二位免票喝得正高兴。营副排长都已睡熟，爆竹静悄而热烈地在地上放着，纸色血红。老五偷偷地奔了饭车去。

小崔团了一团，窝在椅子上，闭上眼，嘴上叼着半截香烟。

张先生的一瓶已剩下不多，解开了纽扣，汗从鬓角流到腮上，眼珠发红舌头已木，话极多。因舌头不利落，所以有些话从横着来。但是心中还微微有点力量，在要对乔先生骂街之际，还能卷住舌头，把乱骂变为豪爽，并非闹酒不客气。乔先生只吞了半瓶，脸可已经青白，白得可怕。掏出烟卷，扔给了张先生一只。都点着了烟。张先生烟在口中，仰卧椅上，腿的下半截悬空，满不在乎。想唱《孤王酒醉》，嗓子干辣无音，用鼻子吐气，如怒牛。乔先生也歪下去，手指夹烟卷，眼直视斜对过的排长的脚，心跳，喉中作嗝，脸白而微痒。快去过年，还不到家！轮声在张先生耳中响得特别快，轮声快，心跳得快，忽然，嗡——，头在空中绕弯，如蝇子盘空，到处红亮，心与物一色，成若干红圈。忽然，嗡声收敛，心盘旋落身内，未敢睁眼，胆子稍壮，假装没事，胖手取火柴，点着已灭了的香烟。火柴顺手抛出。忽然，桌上酒气极强，碗、瓶、几上，都发绿光，缥缈，活动，渐高，四散。乔先生惊醒，手中烟卷已成火焰。抛出烟卷，双手急扑几上，瓶倒，碗倾，纸包吐火苗各色。张先生脸上已满是火，火苗旋转，如舞火球。乔先生想跑，几上火随纸灰上腾，架上纸包仿佛探手取火，火苗联成一片。他自己已成火人。火至眉，眉焦；火至发，发响；火至唇，唇上酒燃起，如吐火判官。

忽然，啪、啪、啪……连珠炮响。排长刚睁眼，鼻上一“双响”，血与火星迸溅；起来，狂奔，脚下、身上，万响俱发，如践地雷。营副不及立起，火及全身，欲睁眼，右眼被击碎。

苟先生惊醒，先看架上行李，一部分纸包已烧起，火自上而下、由远而近，若横行火龙，浑身火舌。急起飞智，打算破窗而逃，拾鞋打玻璃，玻璃碎，风入，火狂；水獭领，四卷五篮，身上，都成燃料。车疾走，呼、呼、呼，风；啪、啪、啪，爆竹；苟先生狂奔。

小崔惯于旅行，闻声尚不肯睁眼，火已自足部起，身上极烫，烟土烧成膏。急坐起，烟、炮、火光，不见别物。身上烟膏发奇香，至烫，腿已不能动，渐及上部，成最大烟泡，形如茧。

小崔不能动，张先生醉得不知道动，乔先生狂奔，苟先生狂奔，排长狂奔，营副跪椅上长号。火及全车，硫黄气重，纸与布已渐随爆竹声残灭，声敛，烟浓，火炙，烟塞，奔者倒，跪者声竭。烟更浓，火入木器，车疾走，风呼呼，烟中吐红焰，四处寻出路。火更明，烟白，火舌吐窗外，全车透亮，空明多姿，火舌长曳，如悬百十火把。

车入了一小站，不停。持签的换签，心里说“火”！持灯的放行，心里说“火”！搬闸的搬闸，路警立正，都心里说“火”！站长半醉，尚未到站台，车已过去。及到站台，微见火影，疑是眼花。持签的交签，持灯的灭灯，搬闸的复闸，路警提枪入休息室，心里都存着些火光，全不想说什么。过了一会儿，心中那点火光渐熄，群议如何守岁，乃放炮、吃酒、打牌，天下极太平。

车出站，加速度。风火交响，星花四落，夜黑如漆，车走如长灯，火舌吞吐。二等车但存屋形，火光里实存炭架。火舌左右扑空，似乎很失望，乃前乃后，入三等车。火舌的前面，烟为导军，腥臭焦甜。烟到，火到，“火！火！火！”人声忽狂，胆要裂。人多，志昏，有的破窗而迟疑不肯跳下，有的奔逃，相挤俱仆，有的呆坐，欲哭无声，有的拾起筐篮……乱，怕，无济于事，火已到面前、到身上、到头顶，哭喊，抱头，拍衣，狂奔，跳车……

火找到新殖民地，物多人多，若狂喜，一舌吐出，一舌远掷，一舌半隐烟中，一舌突挺窗外，一舌徘徊，一舌左右联烧……姿体万端，百舌齐舞；渐成一团，为火球，为流星，或滚或飞；又成一片，为红为绿，忽暗忽明，随烟爬行，突裂烟成焰，急流若惊浪；吱吱作响，炙人肉，烧毛发；响声渐杂，物落人嚎，呼呼借风成火阵；全车烧起，烟浓火烈，为最惨的火葬！

又到站，应停。持签的、打灯的、收票的、站岗的、脚行、正站长、副站长、办事员、书记、闲员，都干瞪眼，站上没有救火设备。二等车左右三等车各一辆，无人声，无动静，只有清烟缓动，明焰静燃，至为闲适。

据说事后捡尸，得五十二具，沿路拾取，跳车而亡者又十一人。

元宵节后，调查员到。各方面请客，应酬很忙。三日酒肉，顾不及调查。调查专员又有些私事，理应先办，复延迟三日。宴残事了，乃着手调查。

车长无所知，头号金箍帽无所知，二号金箍帽无所知，天津大汉无所知，山东大汉无所知，老五无所知，起火原因不明。各站报告售出票数与所收票数，正相合，恰少六十三张，似与车俱焚，等于所拾尸数。各站俱未售出二等票，二等车必为空车，绝对不能起火。

审问老五，虽无所知，但火起时老五在饭车上，既系二等车的看车夫，为何擅离职守，到饭车上去？起火原因虽不明，但擅离职守，罪有应得，开除示惩！

调查专员回衙复命，报告详细，文笔甚佳。

“大年三十歇班，硬还教我跟车。妈的干不干没多大关系！”老五颤着长脖，对五嫂说。“开除，正好，此处不留爷，自有留爷处！你甭着急，离了火车还不能吃饭是怎着？！”

“我倒不着急，”五嫂想安慰安慰老五，“我倒真心疼你带来那些青韭，也叫火给烧了！”

兔

一

许多人说小陈儿是个“兔子”。

我认识他，从他还没做票友的时候我就认识他。他很瘦弱、很聪明、很要强、很年轻，眉眼并不怎么特别的秀气，不过脸上还白净。我和他在一家公司里共过半年多的事，公司里并没有一个人对他有什么不敬的态度与举动；反之，大家都拿他当个小兄弟似的看待：他爱红脸，大家也就分外地对他客气。他不能，绝对不能，是个“兔子”。

他真聪明。有一次，公司办纪念会，要有几项“游艺”，由全体职员瞎凑，好不好的只为凑个热闹。小陈儿红着脸说，他可以演戏，虽然没有学过，可是看见过；假若大家愿意，他可以试试。看过戏就可以演戏，没人相信。可是既为凑热闹，大家当然不便十分的认真，叫他玩玩吧，唱好唱坏有什么关系呢。他唱了一出《红鸾禧》。他的嗓子就像根毛儿似的那么细，坐在最前面的人们也听不见一个字，可是他的扮相、台步、做派、身段，没有一处不好的，就好像是个嗓子已倒而专凭做工见长的老伶，处处细腻老到。他可是并没学过戏！无论怎么说吧，那天的“游艺”数着这出《红鸾禧》最“红”，而且掌声与好儿都是小陈儿一个人得的。下了装以后，他很腼腆的，低着头说：“还会《打花鼓》呢，也并没有学过。”

不久，我离开了那个公司。可是，还时常和小陈儿见面。那出《红鸾禧》的成功，引起他学戏的兴趣。他拜了俞先生为师。俞先生是个老票友，也是我的朋友，五十多岁了，可是嗓子还很娇嫩，高兴的时候还能把胡子剃去，票出《三堂会审》。俞先生为人正直规矩，一点票友们的恶习也没有。看着老先生撅着胡子嘴里细声细气地唱，小陈儿红着脸用毛儿似的小嗓随着学，我觉得非常有趣，所以有时候我也跟着学几句。我的嗓子比小陈儿的好得多，可就是唱不出味儿来，唱着唱着我自己就笑了，老先生笑得更厉害，“算了吧，你听我徒弟唱吧！”小陈儿微微一笑，脸向着墙“喊”了几句，声音还是不大，可是好听。“你等着……”老先生得意地对我说，“再有半年，他的嗓子就能出来！真有味儿！”

俞先生拿小陈儿真当个徒弟对待，我呢也看他是个小朋友，除了学戏以外，我们也常一块儿去吃个小馆儿，或逛逛公园。我们两个年纪较大的到处规规矩矩，小陈儿呢自然也很正经，连句错话也不敢说。就连这么着，俞先生还时常地说：“这不过是个玩意儿，可别误了正事儿！”

二

小陈儿，因为聪明，贪快贪多，恨不能一个星期就学完一出戏。俞先生可是不忙。他知道小陈儿聪明，但是不愿意教他贪多嚼不烂。俞先生念字的正确、吐音的清楚，是票友里很少见的。他愣可少教小陈儿学几个腔儿，而必须把每个字念清楚圆满了。小陈儿，和别的年轻人一样，喜欢花哨。有时候，他从留音机唱片儿上学下个新腔儿，故意地向老先生显胜。老先生虽然不说什么，可是心中不大欢喜。经过这么几次，老先生可就背地里对我说了，“我看哪，大概这个徒弟要教不长久。自然喽，我并不要他什么，教不教都没多大关系。我怕的是，他学坏了，戏学坏了倒还是小事，品行，品行……不放心！我是真爱这个小人儿，太聪明！聪明人可容易上当！”

我没回答出什么来，因为我以为这一半由于老先生的爱护小陈儿，一半由于老先生的厌恶新腔。其实呢，我想，左不是玩儿玩儿罢咧，何必一定较真儿分什么新旧邪正呢。我知道我顶好是不说什么，省得叫老先生生气。

不久，我就微微地觉得，老先生的话并非过虑。我在街上看见了小陈儿同着票友儿们一块走。这种票友和俞先生完全不同：俞先生是个规规矩矩的好人，除了会唱几句，并没有什么与常人不同的地方。这些票友，恰相反，除了做票友之外，他们什么也不是。他们虽然不是职业的伶人，可也头上剃着月亮门，穿张打扮，说话行事，全像戏子，即使未必会一整出戏，可是习气十足。我把这个告诉给俞先生了，俞先生半天没说出话来。

过了两天，我又去看俞先生，小陈儿也在那里呢。一看师徒的神气，我就知道他们犯了拧。我刚坐下，俞先生指着小陈儿的鞋，对我说：“你看看，这是男人该穿的鞋吗？葡萄灰的，软帮软底！他要是登台彩排，穿上花鞋，逢场作戏，我决不说什么。平日也穿着这样的鞋，满街去走，成什么样儿呢？”

我很不易开口。想了会儿，我笑着说：“在苏州和上海的鞋店里，时常看到颜色很鲜明、样式很轻巧的男鞋，不比咱们这儿老是一色儿黑，又大又笨。”原想这么一说，老先生若是把气收一收，而小陈儿也不再穿那双鞋，事儿岂不就轻轻地揭过去了么。

可是，俞先生一个心眼儿，还往下钉，“事情还不这么简单，这双鞋是人家送给他的。你知道，我玩儿票二十多年了，票友儿们的那些花样都瞒不了我。今天他送双鞋，明天你送条手绢，自要伸手一接，他们便吐着舌头笑，把天好的人也说成一个小钱儿不值。你既是爱唱着玩儿，有我教给你还不够，何必跟那些狐朋狗友打联联呢！何必弄得好说不好听的呢？”

小陈儿的脸白起来，我看出他是动了气。可是我还没想到他会这么暴烈，愣了会儿，他说出很不好听的来了，“你的玩意儿都太老了。我有工夫还去学点儿新的呢！”说完，他的脸忽然红了，仿佛是为省得把那点腼腆劲儿恢复过来，低着头，抓起来帽子，走出去，并没向俞老师弯弯腰。

看着他的后影，俞先生的嘴唇颤着，“呕”了两声。

“年轻火气盛，不必……”我安慰着俞先生。

“哼，他得毁在他们手里！他们会告诉他，我的玩意儿老了，他们会给他介绍先生，他们会蹿弄他‘下海’，他们会死吃他一口，他们会把他鼓捣死。可惜！可惜！”

俞先生气得不舒服了好几天。

三

小陈儿用不着再到俞先生那里去，他已有了许多朋友。他开始在春芳阁茶楼清唱，春芳阁每天下午有“过排”，他可是在星期日才能去露一出。因为俞先生，我也认识几位票友，所以星期日下午若有工夫，我也到那里去泡壶茶，听三两出戏，前后都有熟人，我可以随便地串——好观察小陈儿的行动。

就是在这个时候，开始有人说他是“兔子”。我不能相信。不错，他的脸白净，他唱“小嗓儿”，可是我也知道他聪明，有职业，腼腆。不论他怎么变，决不会变成个“那个”。我有这个信心，所以我一边去观察他的行动，也一边很留神去看那些说他是“那个”的那些人们。小陈儿的服装确是越来越匪气了，脸上似乎也擦着点粉。可是他的神气还是在腼腆之中带着一股正气。一看那些给他造谣的，和捧着他的，我就明白过来：他打扮，他擦粉，正和他穿那双葡萄灰色的鞋一样，都并不出于他的本心，而是上了他们的套儿。俞先生的话说得不错，他要毁在他们手里。

最惹我注意的，是个黑脸大汉。头上剃着月亮门，眼皮里外都是黑的，他永远穿着极长极瘦的绸子衣服，领子总有半尺来高。

据说，他会唱花脸，可是我没听他唱过一句。他的嘴里并不像一般的票友那样老哼唧着戏词儿，而是念着锣鼓点儿，嘴里念着，手脚随着轻轻地抬落。不用说，他的功夫已超过研究要腔念字，而到了能背整出的家伙点儿的程度，大概他已会打“单皮[①]”。

这个黑汉老跟着小陈儿，就好像老鸨子跟着妓女那么寸步不离。小陈儿的“戏码”，我在后台看见，永远是由他给排。排在第几出，和唱哪一出，他都有主张与说法。他知道小陈儿的嗓子今天不得力，所以得唱出歇工戏；他知道小陈儿刚排熟了《得意缘》，所以必定得过一过。要是凑不上角儿的话，

① 单皮，一种单面蒙皮的打击乐器。

他可以临时去约。赶到小陈儿该露了，他得拉着小陈儿的手，告诉他在哪儿叫好儿、在哪儿偷油儿，要是半路嗓子不得力便应在哪个关节“码前”或“叫散”了。在必要的时候，他还递给小陈儿一粒华达丸。拿他和体育教员比一比，我管保说，在球队下场比赛的时候那种种嘱告与指导，实在远不及黑汉的热心与周到。

等到小陈儿唱完，他永远不批评，而一个劲儿夸奖。在夸奖的言辞中，他顺手儿把当时最有名的旦角加以极厉害的攻击：谁谁的嗓子像个“黑头”，而觍着脸硬唱青衣！谁谁的下巴有一尺多长，脊背像黄牛那么宽，而还要唱花旦！这种攻击既显出他的内行、有眼力，同时叫小陈儿晓得自己不但可以和那些名伶相比，而且实在自己有超过他们的地方了。因此，他有时候，我看出来，似乎很难为情，设法不叫黑汉拉着他的手把他送到台上去，可是他也不敢得罪他。他似乎看出一些希望来，将来他也能变成个名伶，这点希望的实现都得仗着黑汉。黑汉若不叫他和谁说话，他就不敢违抗；黑汉要是叫他擦粉，他就不敢不擦。

我看，有这么个黑汉老在小陈儿身旁，大概就没法避免“兔子”这个称呼吧？

小陈儿一定知道这个。同时，他也知道能变成个职业的伶人是多么好的希望。自己聪明，“说”一遍就会，再搭上嗓子可以对付，扮相身段非常的好。资格都有了，只要自己肯，便能伸手拿几千的包银，干什么不往这条路上走呢！有什么再比这个更现成更有出息呢?

要走这条路，黑汉是个宝贝。在黑汉的口中，不但极到家地讲究戏，他也谈怎样为朋友家办堂会戏，怎样地约角，怎样派份儿，怎样赁衣箱。职业的，玩儿票的，“使黑杵的”，全得听他的调动。他可以把谁捧起来，也可以把谁摔下去；他不但懂戏，他也懂“事”。小陈儿没法儿不听他的话，没法儿不和他亲近。假若小陈儿愿意的话，他可以不许黑汉拉他的手，可是也就不要再到票房去了。不要说他还有那个希望，就是纯粹为了玩儿玩儿也不能得罪黑汉，黑汉一句话便能叫小陈儿没地方去过戏瘾，先不用说别的了。

四

有黑汉在小陈儿身后，票房的人们都不敢说什么，他们对小陈儿都敬而远之。给小陈儿打鼓的绝不敢加个“花键子”；

给小陈儿拉胡琴的绝不敢要坏，暗暗长一点弦儿；给小陈儿配戏的绝不敢弄句新“搭口”把他绕住，也不敢放胆地卖力气叫好儿而把小陈儿压下去。他们的眼睛看着黑汉而故意地向小陈儿卖好，像众星捧月似的。他们绝不会佩服小陈儿——票友是不会佩服人的——可是无疑的都怕黑汉。

假如这些人不敢出声，台底下的人可会替他们说话。黑汉还不敢干涉听戏的人说什么。

听戏的人可以分作两类：一类是到星期六或星期日偶尔来泡壶茶解解闷，花钱不多而颇可以过过戏瘾。这一类人无所谓，高兴呢喊声好，不高兴呢就一声不出或走出去。另一类人是冬夏常青，老长在春芳阁的。他们都多知多懂。有的玩儿过票而因某种原因不能再登台，所以天天上茶楼来听别人唱，专为给别人叫“倒好儿”，以表示自己是老行家。有的是会三句五句的，还没资格登台，所以天天来熏一熏，服装打扮已完全和戏子一样了，就是一时还不能登台表演，而十分相信假若一旦登台必会开门红的。有的是票友们的亲戚或朋友，天天来给捧场，不十分懂得戏，可是很会喊好鼓掌。有的是专为来喝茶，不过日久天长便和这些人打成一气，而也自居为行家。这类人见小陈儿出来就嘀咕，说他是“兔子”。

只要小陈儿一出来，这群人就嘀咕。他们不能挨着家儿去告诉那些生茶座儿：他是“兔子”。可是他们的嘀咕已够使大家明白过来的了。大家越因好奇而想向他们打听一下，他们便越嘀咕得紧切，把大家的耳朵都吸过来一些；然后，他们忽然停止住嘀咕，而相视微笑，大家的耳朵只好慢慢地收回去，他们非常的得意。假若黑汉能支配台上，这群人能左右台下，两道相逆的水溜，好像是，冲激那个瘦弱的小陈儿。

这群人里有很年轻的，也有五六十岁的。虽然年纪不同，可一律擦用雪花膏与香粉，寿数越高的越把粉擦得厚。他们之中有贫也有富，不拘贫富，服装可都很讲究，穷的也有个穷讲究——即使棉袍的面子是布的，也会设法安半截绸子里儿；即使连里子也得用布，还能在颜色上着想，衬上什么雪青的或深紫的。他们一律都卷着袖口，为是好显显小褂的洁白。

大概是因为忌妒吧，他们才说小陈儿是“兔子”。其实据我看呢，这群人们倒更像“那个”呢。

小陈儿一露面，他们的脸上就立刻摆出一种神情，能伸展成笑容，也能缩敛成怒意：一伸，就仿佛赏给了他一点世上罕有的恩宠；一缩，就好像他们触犯帝王的圣怒。小陈儿，为博得彩声，得向他们递个求怜邀宠的眼色。连这么着，他们还不轻易给他喊个好儿。

赶到他们要捧的人上了台，他们的神情就极严肃了，都伸着脖儿听。大家喊好的时候，他们不喊；他们却在那大家不注意的地方，赞叹着，仿佛是忘形的，不能不发泄的，喝一声彩，使大家惊异，而且没法不佩服他们是真懂行。据说，若是请他们吃一顿饭，他们便可以玩这一招。显然的，小陈儿要打算减除了那种嘀咕，也得请他们吃饭。

我心里替小陈儿说，何必呢！可是他自有他的打算。

五

有一天，在报纸上，我看到小陈儿彩排的消息。我决定去看一看。

当然黑汉得给他预备下许多捧场的。我心里可有准儿，不能因为他得的好儿多或少去决定他的本事，我要凭着我自己的良心去判断他的优劣。

他还是以做工讨好，的确是好。至于唱功，凭良心说，连一个好儿也不值。在小屋里唱，不错，他确是有味儿；一登台，他的嗓子未免太窄了，只有前两排凑合着能听见，稍微靠后一点的，便只见他张嘴而听不见声儿了。

想指着唱戏挣钱，谈何容易呢！我晓得这个，可是不便去劝告他。黑汉会给他预备好捧场的，叫他时时得到满堂的彩，叫他没法不相信自己的技艺高明。我的话有什么用呢？

事后，报纸上的批评是一致的，都说他可以比作昔年的田桂凤。我知道这些批评是由哪儿来的，黑汉哪能忘下这一招呢。

从这以后，义务戏和堂会就老有小陈儿的戏码了。我没有工夫去听，可是心中替他担忧。我晓得走票是花钱买脸的事，为玩儿票而倾家荡产的并不算新奇，而小陈儿是个穷小子啊。打算露脸，他得有自己的行头，得找好配角，得有跟包的，得摆出阔架子来，就凭他，公司里的一个小职员？难！

不错，黑汉会帮助他。可是，一旦黑汉要翻脸和他算清账怎么办？俞先生的话，我现在明白过来，的确是经验之谈，一点也非过虑。

不久，我听说他被公司辞了出来，原因是他私造了收据，使了一些钱。虽说我俩并非知己的朋友，我可深知他绝不是个小滑头。要不是被逼急了，我相信他是不会干出这样丢脸的事的。我原谅他，所以深恨黑汉和架弄着小陈的那一群人。

我决定去找他，看看我能不能帮助他一把；几乎不为是帮助他，而是借此去反抗黑汉，要从黑汉手中把个聪明的青年救出来。

六

小陈儿的屋里有三四个人，都看着他做“活”呢。因为要省点钱，凡是自己能动手的，他便自己做。现在，他正做着一件背心，戏台上丫鬟所穿的那种。大家吸着烟，闲谈着，他一声不出地，正往背心上粘玻璃珠子——用胶水画好一大枝梅花，而后把各色的玻璃珠粘上去，省工，省钱，而穿起来很明艳。

我进去，他只抬起头来向我笑了笑，然后低下头去继续工作，仿佛是把我打入了那三四个人里边去。我既不认识他们，又不想跟他们讲话，只好呆呆地坐在那里。

那些人都年纪在四十以上，有的已留下胡子。听他们所说的，看他们的神气，我断定他们都是一种票友。看他们的衣服，他们大概都是衙门里的小官儿，在家里和社会上也许是很热心拥护旧礼教，而主张男女授受不亲的。可是，他们来看小陈儿做活。他们都不野调无腔，谈吐也颇文雅，只是他们的眼老溜着小陈，带出一点于心不安而又无法克服的邪味的笑意。

他们谈话儿，小陈儿并不大爱插嘴，可是赶到他们一提起某某伶人，或批评某某伶人的唱法，他便放下手中的活，皱起点眉来，极注意地听着，而后神气活似黑汉，斩钉截铁地发表他的意见，话不多，可是十分的坚决，指出伶人们的缺点。他并不为自己吹腾，但是这种带着坚固的自信的批判，已经足以显出他自己的优越了。他已深信自己是独一无二的旦角，除了他简直没有人懂戏。

好容易把他们耗走，我开始说我所要说的话，为省去绕弯，我开门见山地问了他一句："你怎样维持生活呢？"

他的脸忽然地红了，大概是想起被公司辞退出来的那点耻辱，看他回不出话来，我爽性就钉到家吧，"你是不是已有许多的债？"

他勉强地笑了一下，可是神气很坚决，"没法不欠债。不过，那不算一回事，我会去挣。假如我现在有三千块钱，做一批行头，我马上可以到上海去唱两个星期，而后……"他的眼睛亮起来，"汉口、青岛、济南、天津，绕一个圈儿。

回到这儿来，我就是……”他挑起大指头。

“那么容易么？”我非常不客气地问。

他看了我一眼，冷笑了一下，不屑于回答我。

“是你真相信你的本事，还是被债逼得没法不走这条路呢？比如说，你现在已欠下某人一两千块钱，去做个小事儿决不能还上，所以你想一下子去搂几千来，而那个人也这么引领你，是不是？”

他想了一会儿，犹豫了一下，咽了一口气，没回答出什么来。我知道我的话是钉到他的心窝里。

“假若真像我刚才说的，”我往下说，“你该当想一想，现在你欠他的，那么你要是‘下海’，就还得向他借。他呢，就可以管辖你一辈子，不论你挣多少钱，也永远还不清他的债，你的命就交给他了。捧起你来的人，也就是会要你命的人。你要是认为我不是吓唬你，想法子还他的钱，我帮助你，找个事做，我帮助你，从此不再玩这一套。你想想看。”

“为艺术是值得牺牲的！”他没看我，说出这么一句。

这回该我冷笑了。“是的，因为你在中学毕业，所以会说这么一句话。一句话，什么意思也没有。”

他的脸又红了，不愿再跟我说什么，因为越说他便越得气馁。他的岁数不许他承认自己的错误。他向外边喊了一声：“二妹！你坐上一壶水！”

我这才晓得他还有个妹妹，我的心中可也就更不好过了。没再说什么，我走了出去。

七

“全球驰名，第一青衫花旦陈……表演独有历史佳剧……”在报纸上、街头上，都用极大的字登布出来。我知道小陈儿是“下了海”。

在“打炮”的两天前，他在东海饭店招待新闻界和一些别的朋友。不知为什么，他也给了我张请帖。真不愿吃他这顿饭，可是我又要看看他，把请帖拿起又放下好几回，最后我决定去看一眼。

席上一共有七八十人，有戏界的重要人物，有新闻记者，有捧角专家，有地面上的流氓。

我没大去注意这些人们，我仿佛是专为看小陈儿而来的。

他变了样。衣服穿得顶讲究，讲究得使人看着难过，像新娘子打扮得那么不自然、那么过火。不过，这还不算出奇。

最使人惊异的是右手的无名指上戴着个钻石戒指，假若是真的，须值两三千块钱。谁送给他的呢？凭什么送给他呢？他的脸上分明的是擦了一点胭脂，还是那么消瘦，可是显出点红润来。有这点儿假的血色在脸上，他的言语动作仿佛都是在做戏呢。他轻轻地扭转脖子，好像唯恐损伤了那条高领子；他偏着脸向人说话，每说一句话先皱一下眉，而后嘴角用力地往上兜，故意地把腮上弄成两个小坑儿。我看着他，我的脊背上一阵阵地起鸡皮疙瘩。

可是，我到底是原谅了他，因为黑汉在那里呢。黑汉是大都督，总管着一切：他拍大家的肩膀，向大家嘀咕，向小陈儿递眼色，劝大家喝酒，随着大家笑，出来进去，进去出来，用块极大的绸子手绢擦着黑亮的脑门，手绢上抖出一股香水味。

据说，人熊见到人便过去拉住手狂笑。我没看见过，可是我想象着那个样子必定就像这个黑汉。

黑汉把我的眼睛引到一位五十来岁的矮胖子身上去。矮胖子坐首席，黑汉对他说的话最多，虽然矮胖子并不大爱回答，可是黑汉依然很恭敬。对了，我心中一亮，我找到了那个钻石戒指的来路！

再细看，我似乎认识那个胖脸。啊，想起来了，在报纸和杂志上见过：楚总长！楚总长是热心提倡“艺术”的。

不错，一定是他，因为他只喝了一杯酒，和一点汤，便离席了。黑汉和小陈都极恭敬地送出去。再回到席上，黑汉开始向大家说玩笑话了，仿佛是表示：贵人已走，大家可以随便吧。

吃了一道菜，我也溜出去了。

八

楚总长出钱，黑汉办事。小陈儿住着总长的别墅，有了自己的衣箱、钻石戒指、汽车。他只是摸不着钱，一切都由黑汉经手。

只要有小陈儿的戏，楚总长便有个包厢，有时候带着小陈儿的妹妹一同来。看完戏，便一同回到别墅，住下。小陈儿的妹妹长得可是真美。

楚总长得到个美人，黑汉落下了不少的钱，小陈儿得去唱戏，而且被人叫作“兔子”。

大局是这么定好了，无论是谁也无法把小陈儿从火坑里拉出来了。他得死在他们手里，俞先生一点也没说错。

九

事忙，我一年多没听过一次戏。小陈儿的戏码还常在报纸上看到，他得意与否可无从知道。

有一次，我到天津办一点事，晚上独自在旅馆里非常的无聊，便找来小报看看戏园的广告。新到的一个什么“香”，当晚有戏。我连这个什么“香”是男是女也不晓得，反正是为解闷儿吧，就决定去看看。对于新起来的角色，我永远不希望他唱得怎样的好，以免看完了失望，弄一肚子别扭。

这个什么“香”果然不怎么高明，排场很阔气，可是唱作都不够味儿，唱到后半截儿，简直有点支持不下去的样子。唱戏是多么不容易的事呢，我不由得想起小陈儿来。

正在这个时候，我看见了黑汉。他轻快地由台门儿闪出来，斜着身和打鼓的说了两句话，又轻快地闪了进去。

哈！又是这小子！我心里说。哼，我同时想到了，大概他已把小陈儿吸干了，又来要这个什么“香”了！该死的东西！

由天津回来，我遇见了俞先生，谈着谈着便谈到了小陈儿。

俞先生的耳朵比我的灵通，刚一提起小陈儿，他便叹了口气，“完喽！妹妹被那个什么总长给扔下不管了，姑娘不姑娘、太太不太太地在家里闷着。他呢，给那个黑小子挣够了钱，黑小子撒手不再管他了，连行头还让黑小子拿去多一半。谁不知道唱戏能挣钱呢，可是事儿并不那么简单容易。玩儿票，能被人吃光了；使黑杵，混不上粥喝；下海，谁的气也得受着，能吃饱就算不离。我全晓得，早就劝过他，可是……”俞先生似乎还有好些个话，但是只摇了摇头。

十

又过了差不多半年，我到济南有点儿事。小陈儿正在那里唱呢，他挂头牌，二牌三牌是须生和武生，角色不算很硬，可也还看得过去。这里，连由北平天桥大棚里约来的角还要成千论百地拿包银，那么小陈儿——即使我们承认他一切的弱点——总比由天桥来的强着许多了。我决定去看他的戏，仿佛也多少含着点捧捧场的意思，谁叫我是他的朋友呢。

那晚上他贴的是独有的“本儿戏”，九点钟就上场，文武带打，还赠送戏词。我恰好有点事，到九点一刻才起身到戏园去，一路上我还怕太晚了点，买不到票。到九点半我到戏园，里里外外全清锅子冷灶，由老远就听到锣鼓响，可就是看不见什么人。由卖票人的神气我就看出来，不上座儿，因为他非常的和气，一伸手就给了我张四排十一号——顶好的座位。

四排以后，我进去一看，全空着呢。两廊稀棱棱的有些人，楼上左右的包厢全空着。一眼望过去，台上被水月电[①]照得青虚虚的，四个打旗的失了魂似的立在左右，中间坐着个穿红袍的小生，都像纸糊的。台下处处是空椅子，只在前面有一堆儿人，都像心中有点委屈似的。世上最难看的是半空的戏园子——既不像戏园，又不像任何事情，仿佛是一种梦景似的。

我坐下去不大会儿，锣鼓换了响声，椅垫桌裙全换了南绣的，绣着小陈儿的名字。一阵锣鼓敲过，换了小锣儿，小陈儿扭了出来。没有一声碰头好儿——人少，谁也不好意思喊。我真要落泪！

他瘦得已不成样子。因为瘦，所以显着身量高，就像一条打扮好的刀鱼似的。

---

① 水月电：汽灯。

并不因为人少而敷衍，反之，他的瘦脸上带出一些高傲、坚决的神气；唱、念、做派，处处用力；越没有人叫好，他越努力，就好像那宣传宗教的那么热烈、那么不怕困苦。每唱完一段，回过头去喝水的工夫，我看见他嗽得很厉害，嗽一阵，揉一揉胸口，才转过脸来。

他的嗓音还是那么窄小，可是做工已臻化境，每一抬手迈步都有尺寸、都恰到好处；要一个身段，他便向台下打一眼，仿佛是对观众说：这还不值个好儿吗？没人叫好，始终没人喊一声好！

我忽然像发了狂，用尽了力量给他喝了几声彩。他看见了我，向我微微一点头。我一直坐到台上吹了呜嘟嘟[①]，虽然并没听清楚戏中情节到底是怎回事。我心中很乱。

散了戏，我跑到后台去，他还上着装便握住了我的手，他的手几乎是一把骨头。

“等我卸了装，”他笑了一下，“咱们谈一谈！”

我等了好大半天，因为他真像个姑娘，事事都做得很慢很仔细，头上的每一朵花、每一串小珠子，都极小心地往下摘，

---

① 呜嘟嘟：一种乐器，又名竹号。

看着跟包的给收好。

我跟他到了三义栈，已是夜里一点半钟。

一进屋，他连我也不顾得招待了，躺在床上，手哆嗦着，点上了烟灯。吸了两大口，他缓了缓气，“没这个，我简直活不了啦！”

我点了点头。我想不起说什么。设若我要说话，我就要说对他有些用处的，可是就凭我这个平凡的人，怎能救得了他呢？只好听着他说吧，我仿佛成了个傻子。

又吸了一大口烟，他轻轻地掰了个橘子，放在口中一瓣。“你自个儿来的？”

我简单地告诉了他关于我自己的事，说完，我问他：“怎样？”

他笑了笑，“这里的人不懂戏！”

“赔钱？”

“当然！”他不像以前那样爱红脸了，话说得非常的自然，而且绝没有一点后悔的意思。“再唱两天吧，要还是不行，简直得把戏箱留在这儿！”

“那不就糟了？”

“谁说不是！”他咳嗽了一阵，揉了揉胸口。“玩意儿好也没用，人家不听，咱有什么法儿呢？”

我要说：你的嗓子太窄，你看事太容易！可是我没说。说了又有什么用呢？他的嗓子无从改好，他的生活已入了辙，他已吸惯了烟，他已有了很重的肺病。我干吗既帮不了他，还惹他难受呢？

“在北平大概好一点？”我为是给他一点安慰。

“也不十分好，班子多，地方钱紧，也不容易，哪里也不容易！”他揉着一点橘子皮，心中不耐烦，可是要勉强着镇定。“可是，反正我对得起老郎神，玩意儿地道，别的……”

是的，玩意儿地道。不用说，他还是自居为第一的花旦。失败、困苦、压迫，无法摆脱，给他造成了一点儿自信，他只仗着这点儿自信活着呢。有这点自信欺骗着他自己，他什么也不怕，什么也可以一笑置之。妹妹被人家糟践了，金钱被人家骗去，自己只剩下一把骨头与很深的烟瘾。对谁也无益，对自己只招来毁灭。可是他自信玩意儿地道。“好吧，咱们北平见吧！”我告辞走出来。

“也不等听听我的全本儿《凤仪亭》啦？后天就露！”他立在屋门口对我说。

我没说出什么来。

回到北平不久，我在小报上看到小陈儿死去的消息。他至多也不过才二十四五岁吧。

且说屋里

一个二十世纪的中国人所能享受与占有的，包善卿已经都享受和占有过，现在还享受与占有着。他有钱，有洋楼，有汽车，有儿女，有姨太太，有古玩，有可作摆设用的书籍，有名望，有身分，有一串可以印在名片上与讣闻上的官衔，有各色的朋友，有电灯、电话、电铃、电扇，有寿数，有胖胖的身体和各种补药。

设若他稍微能把心放松一些，他满可以胖胖的躺在床上，姨太太与儿女们把他伺候得舒舒服服的。即使就这么死去，他的财产也够教儿孙们快乐一两辈子的，他的讣闻上也会有许多名人的题字与诗文，他的棺材也会受得住几十年水土的侵蚀，而且会有六十四名杠夫抬着他游街的。

可是包善卿不愿休息。他有他的“政治生活”。他的“政治生活”不包括着什么主义、主张、政策、计划与宗旨。他只有一个决定，就是他不应当闲着。他要是闲散无事，就是别人正在活动与拿权，他不能受这个。他认为自己所不能参预的事都是有碍于他的，他应尽力地去破坏。反之，凡是足以使他活动的，他都觉得不该放过机会。像一只渔船，他用尽方法利用风势，调动他的帆，以便早些达到鱼多的所在。他不管那些风是否有害于别人，他只为自己的帆看风，不管别的。

看准了风，够上了风，便是他的“政治生活”。够上风以后，他可以用极少的劳力而获得一个中国“政治家”所应得的利益。所以他不愿休息，也不肯休息；平白无故地把看风与用风这点眼力与天才牺牲了，太对不起自己。越到老年，他越觉出自己的眼力准确，越觉出别人的幼稚；按兵不动是冤枉的事。况且他才刚交六十；他知道，只要有口气，凭他的经验与智慧，就是坐在那儿呼吸呼吸，也应当有政治的作用。

他恨那些他所不熟识的后起的要人与新事情，越老他越觉得自己的熟人们可爱，就是为朋友们打算，他也应当随手抓到机会扩张自己的势力。对于新的事情他不大懂，于是越发感到自己的老办法高明可喜。洋人也好，中国人也好，不论是谁，自要给他事作，他就应当去拥护。同样，凡不给他权势的便是敌人。他清清楚楚地承认自己的宽宏大度，也清清楚楚地承认自己的嫉妒与褊狭；这是一个政治家应有的态度。他十分自傲有这个自知之明，这也就是他的厉害的地方；“得罪我与亲近我，你随便吧！”他的胖脸上的微笑表示着这个。

刚办过了六十整寿，他的像片又登在全国的报纸上，下面注着：“新任建设委员会会长包善卿。”看看自己的像，他点了点头：“还得我来！”他想起过去那些政治生活。过去的那些经验使他压得住这个新头衔，这个新头衔既能增多他的经验，又能增高了身分，而后能产生再高的头衔。因将来的光荣与势力，他微微感到满意于现在。有一二年他的像片没这么普遍地一致地登在各报纸上了；看到这回的，他不能不感到满意；这个六十岁的照像证明出别的政客的庸碌无能，证明了自己的势力的不可轻视与必难消灭。新人新事的确出来不少，可是包善卿是青松翠柏，越老越绿。世事原无第二个办法，包善卿的办法是唯一的，过去如此，现在如此，将来还如此！他的方法是官僚的圣经，他一点不反对“官僚”这两个字；“只有不得其门而入的才叫我官僚，”他在四十岁的时候就这么说过。

看着自己的像片，他觉得不十分像自己。不错，他的胖脸，大眼睛，短须，粗脖子，与圆木筒似的身子，都在那里，可是缺乏着一些生气。这些不足以就代表包善卿。他以几十年的经验知道自己的表情与身段是怎样的玲珑可喜，像名伶那样晓得自己哪一个姿态最能叫好；他不就是这么个短粗胖子。至少他以为也应该把两个姿态照下来，两个最重要的，已经成为习惯而仍自觉地利用着，且时时加以修正的姿态。一个是在面部：每逢他遇到新朋友，或是接见属员，他的大眼会像看见个奇怪的东西似的，极明极大极傻地瞪那么一会儿，腮上的肉往下坠；然后腮上的肉慢慢往上收缩，大眼睛里一层一层的增厚笑意，最后成为个很妩媚的微笑。微笑过后，他才开口说话，舌头稍微团着些，使语声圆柔而稍带着点娇憨，显出天真可爱。这个，哪怕是个冰人儿，也会被他马上给感动过来。

第二个是在脚部。他的脚很厚，可是很小。当他对地位高的人趋进或辞退，他会极巧妙地利用他的小脚：细逗着步儿，弯着点腿，或前或后，非常的灵动。下部的灵动很足给他一身胖肉以不少的危险，可是他会设法支持住身体，同时显出他很灵利，和他的恭敬谦卑。

找到这两点，他似乎才能找到自己。政治生活是种艺术，这两点是他的艺术的表现。他愿以这种姿态与世人相见，最好是在报纸上印出来。可是报纸上只登出个迟重肥胖的人来，似乎是美中不足。

好在，没大关系。有许多事，重大的事，是报纸所不知道的。他想到末一次的应用“脚法”：建设委员会的会长本来十之六七是给王莘老的，可是包善卿在山木那里表现了一番。王莘老所不敢答应山木的，包善卿亲手送过去：“你发表我的会长，我发表你的高等顾问！”他向山木告辞时，两脚轻快地细碎地往后退着，腰儿弯着些，提出这个“互惠”条件。果然，王莘老连个委员也没弄到手，可怜的莘老！不论莘老怎样固执不通，究竟是老朋友。得设法给他找个地位！包善卿作事处处想对得住人，他不由地微笑了笑。

王莘老未免太固执！太固执！山木是个势力，不应当得罪。况且有山木作顾问，事情可以容易办得多。他闭上眼想了半天，想个比喻。想不出来。最后想起一个：姨太太要东西的时候，不是等坐在老爷的腿儿上再说吗？但这不是个好比喻。包善卿坐在山木的腿上？笑话！不过呢，有山木在这儿，这次的政治生活要比以前哪一次都稳当、舒服、省事。

东洋人喜欢拿权，作事；和他们合作，必须认清了这一点；认清这一点就是给自己的事业保了险。奇怪，王莘老作了一辈子官，连这点还看不透！王莘老什么没作过？教育、盐务、税务、铁道……都作过，都作过，难道还不明白作什么也不过是把上边交下来的，再往下交。把下边呈上来的再呈上去，只须自己签个押？为什么这次非拒绝山木不可呢？奇怪！也许是另有妙计？不能吧？打听打听看；老朋友，但是细心是没过错的。

“大概王莘老总不至于想塌我的台吧？老朋友！”他问自己。他的事永远不愿告诉别人，所以常常自问自答。“不能，王莘老不能！”他想，会长就职礼已平安地举行过；报纸上也没露骨地说什么；委员们虽然有请病假的，可是看我平安无事地就了职，大概一半天内也就会销假的。山木很喜欢，那天还请大家吃了饭，虽然饭菜不大讲究，可是也就很难为了一个东洋人！过去的都很顺当；以后的，有山木作主，大概不会出什么乱子的。是的，想法子安置好王莘老吧；一半因为是老朋友，一半因为省得单为这个悬心。至于会里用人，大致也有了个谱儿，几处较硬的介绍已经敷衍过去，以后再有的，能敷衍就敷衍，不能敷衍的好在可以往山木身上推。

是的，这回事儿真算我的老运不错！

想法子给山木换辆汽车，这是真的，东洋人喜欢小便宜。自己的车也该换了，不，先给山木换，自己何必忙在这一时！何不一齐呢，真！我是会长，他是顾问，不必，不必和王莘老学，总是让山木一步好！

决定了这个，他这回的政治生活显然是一帆风顺，不必再思索什么了。假如还有值得想一下的，倒是明天三姨太太的生日办不办呢？办呢，她岁数还小，怕教没吃上委员会的家伙们有所借口，说些不三不四的。不办呢，又怕临时来些位客人，不大合适。“政治生活”有个讨厌的地方，就是处处得用“思想”，不是平常人所能干的。在很小的地方，正如在很大的地方，漏了一笔就能有危险。就以娶姨太太说，过政治生活没法子不娶，同时姨太太能给人以许多麻烦。自然，他想自己在娶姨太太这件事上还算很顺利，一来是自己的福气大，二来是自己有思想，想起在哈尔滨作事时候的俄国姨太太——后来用五百元打发了的那个——他微笑了笑。再不想要洋毛子，看着那么白，原来皮肤更粗，处处带着小黄毛。最难堪的是来月信的时候，只用纸卷个小筒一塞！啵！他不喜欢看外国电影片，多一半是因为这个。连中国电影也算上，那些明星没有一个真正漂亮的。娶姨太太还是到苏杭一带找个中等人家的雏儿，林黛玉似的又娇又嫩。三姨太太就是这样，比女儿还小着一岁，比女儿美得多。似乎应当给她办生日，怪可怜的。况且，乘机会请山木吃顿饭也显着不是故意的请客。是的，请山木首席，一共请三四桌人，对大家不提办生日，又不至太冷淡了小姨太太，这是思想！

福命使自己腾达，思想使自己压得住富贵，自己的政治生活和家庭生活是个有力的证明。太太念佛吃斋，老老实实。大儿有很好的差事，长女上着大学。二太太有三个小少爷，三太太去年冬天生了个小女娃娃。理想的家庭，没闹过一桩满城风雨的笑话，好容易！最不放心的是大儿大女，在外边读书，什么坏事学不来！可是，大儿已有了差事，不久就结婚；女儿呢，只盼顺顺当当毕了业，找个合适的小人嫁出去；别闹笑话！过政治生活的原不怕闹笑话，可是自己是老一辈的人，不能不给后辈们立个好榜样，这是政治道德。作政治没法不讲道德，政治舞台是多么危险的地方，没有道德便没有胆量去冒险。自己六十岁了，还敢出肩重任，道德不充实可能有这个勇气？自己的道德修养，不用说，一定比自己所能看到的还要高着许多，一定。

他不愿再看报纸上那个像片，那不过是个短粗而无生气的胖子，而真正的自己是有思想有道德有才具有经验有运气的政治家！认清了这个，他心里非常平静，像无波的秋水映着一轮明月。他想和姨太太们凑几圈牌，为是活动活动自己的心力，太平静了。

“老爷，方委员，”陈升轻轻的把张很大的名片放在小桌上。

“请，”包善卿喜欢方文玉，方文玉的委员完全仗着他的力量。方文玉来的时间也正好，正好二男二女——两个姨太太——凑几圈儿。

方文玉进来，包善卿并没往起立，他知道方文玉不会恼他，而且会把这样的不客气认成为亲热的表示。可是他的眼睛张大，而后渐渐地一层层透出笑意，他知道这足以补足没往起立的缺欠，而不费力地牢笼住方文玉的心。搬弄着这些小小的过节，他觉得出自己的优越，有方文玉在这儿比着，他不能不承认自己的经验与资格。

“文玉！坐，坐！懒得很，这两天够我老头子……哈哈！”他必须这样告诉文玉，表示他并没在家里闲坐着，他最不喜欢忙乱，而最爱说他忙；会长要是忙，委员当然知道应当怎样勤苦点了。

“知道善老忙，现在，我——”方文玉不敢坐下，作出进退两难的样子，唯恐怕来的时间不对而讨人嫌。

“坐！来得正好！”看着方文玉的表演，他越发喜欢这个人，方文玉是有出息的。

方文玉有四十多岁，高身量，白净子脸，带着点烟气。他没别的嗜好，除了吃口大烟。在包善卿眼中，他是个有为的人，精明，有派头，有思想，可惜命不大强，总跳腾不起去。这回很卖了些力气给他弄到了个委员，很希望他能借着这一步而走几年好运。

“文玉，你来得正好，我正想凑几圈，带着硬的呢？”包善卿团着舌尖，显出很天真淘气。

“伺候善老，输钱向来是不给的！”方文玉张开口，可是不敢高声的笑，露出几个带烟釉的长牙来。及至包善卿哈哈笑了，他才接着出了声。

“本来也是，”包善卿笑完，很郑重地说，“一个委员拿五百六，没车马费，没办公费，苦事！不过，文玉你得会利用，眼睛别闲着；等山木拟定出工作大纲来，每个县城都得安人；留点神，多给介绍几个人。这些人都有县长的希望，可不能只靠着封介绍信！这或者能教你手里松动一点，不然的话，你得赔钱；五百六太损点，五百六！”他的大眼睛看着自己的小胖脚尖，不住地点头。待了一会儿：“好吧，今天先记你的账好了。有底没有？”

“有！小刘刚弄来一批地道的，请我先尝尝，烟倒是不坏，可是价儿也够瞧的。”方文玉摇了摇头，用烧黄的手指夹起支“炮台”来。

“我这也有点，也不坏，跟二太太要好了；她有时候吃一口。我不准她多吃！咱们里院去吧？”包善卿想立起来。

他还没站利落，电话铃响了。他不爱接电话。许多电玩艺儿，他喜欢安置，而不愿去使用。能利用电力是种权威，命令仆人们用电话叫菜或买别的东西，使他觉得他的命令能够传达很远，可是他不愿自己去叫与接电话。他知道自己不是破命去坐飞机的那种政治家。

“劳驾吧，”他立好，小胖脚尖往里一逗，很和蔼地对方文玉说。

方文玉的长腿似乎一下子就迈到了电机旁，拿起耳机，回头向包善卿笑着：“喂，要哪里？包宅，啊，什么？呕，墨老！是我，是的！跟善老说话？啊，您也晓得善老不爱接电，嘻嘻，好，我代达！……好，都听明白了，明天见，明天见！”看了耳机一下，挂上。

“墨山？”包善卿的下巴往里收，眼睛往前努，作足探问的姿势。

“墨山，”方文玉点了点头，有些不大愿意报告的样子。“教我跟善老说两件事，头一件，明天他来给三太太贺寿，预备打几圈。”

“记性是真好，真好！”包善卿喜欢人家记得小姨太太的生日。“第二件？”

“那什么，那什么，他听说，听说，未必正确，大概学生又要出来闹事！”

“闹什么？有什么可闹的？”包善卿声音很低，可是很清楚，几乎是一字一字地说。

“墨老说，他们要打倒建设委员会呢！”

“胡闹吗！”包善卿坐下，脚尖在地上轻轻地点动。

“那什么，善老，”方文玉就着烟头又点着了一支新的，“这倒要防备一下。委员会一切都顺利；不为别的，单为求个吉利，也不应当让他们出来，满街打着白旗，怪丧气的。好不好通知公安局，先给您这儿派一队人来，而后让他们每学校去一队，禁止出入？”

“我想想看，想想看，”包善卿的脚尖点动得更快了，舌尖慢慢地舐着厚唇，眨巴着眼。过了好大一会儿，他笑了：“还是先请教山木，你看怎样？”

“好！好！”方文玉把烟灰弹在地毯上，而后用左手捏了鼻子两下，似乎是极深沉地搜索妙策：“不过，无论怎说，还是先教公安局给您派一队人来，有个准备，总得有个准备。要便衣队，都带家伙，把住胡同的两头。”他的带烟气的脸上露出青筋，离离光光的眼睛放出一些浮光。“把住两头，遇必要时只好对不起了，啪啪一排枪。啪啪一排枪，没办法！”

“没办法！”包善卿也挂了气，可是还不像方文玉那么浮躁。“不过总是先问问山木好，他要用武力解决呢，咱们便问心无愧。他主张和平呢，咱们更无须乎先表示强硬。我已经想好，明天请山木吃饭，正好商量商量这个。”

“善老，”方文玉有点抱歉的神气，“请原谅我年轻气浮，明天万一太晚了呢？即使和山木可以明天会商。您这儿总是先来一队人好吧？”

“也好，先调一队人来，”包善卿低声地像对自己说。又待了一会儿，他像不愿说，而又不得不说的，看了方文玉一眼；仿佛看准方文玉是可与谈心的人，他张开了口。“文玉，事情不这么简單。我不能马上找山木去。为什么？你看，东洋人处处细心。我一见了他，他必先问我，谁是主动人？你想啊，一群年幼无知的学生懂得什么，背后必有人鼓动。你大概要说 × × 党？”他看见方文玉的嘴动了下。“不是！不是！”极肯定而有点得意地他摇了摇头。“中国就没有 × × 党，我活了六十岁，还没有看见一个 × × 党。学生背后必有主动人，弄点糖儿豆儿的买动了他们，主动人好上台，代替你我，你——我——”他的声音提高了些，胖脸上红起来。“咱们得先探听明白这个人或这些人是谁，然后才不至被山木问住。你看，仿佛吧山木这么一问，谁是主动人？我答不出；好，山木满可以撅着小黑胡子说：谁要顶你，你都不晓得？这个，我受不了。怎么处置咱们的敌人，可以听山木的；咱们可得自己找出敌人是谁。是这样不是？是不是？”

方文玉的长脑袋在细脖儿上绕了好几个圈，心中“很”佩服，脸上“极”佩服，包善老。“我再活四十多也没您这个心路，善老！”

善老没答碴，眼皮一搭拉，接受对他的谀美。“是的，擒贼先擒王，把主动人拿住。学生自然就老实了。这就是方才说过的了：和平呢还是武力呢，咱们得听山木的，因为主动人的势力必定小不了。”他又想了想：“假如咱们始终不晓得他是谁，山木满可以这么说，你既不知道为首的人，那就只好拿这回事当作学潮办吧。这可就糟了，学潮，一点学潮，咱们还办不了，还得和山木要主意？这岂不把乱子拉到咱们身上来？你说的不错，啪啪一排枪，准打回去，一点不错；可是啪啪一排枪犯不上由咱们放呀。山木要是负责的话，管他呢，啪啪一排开花炮也可以！是不是，文玉，我说的是不是？”

“是极！”方文玉用块很脏的绸子手绢擦了擦青眼圈儿。“不过，善老，就是由咱们放枪也无所不可。即使学生背后有主动人，也该惩罚他们——不好好读书，瞎闹哄什么呢！东洋朋友，中国朋友，商界，工界，农民，都拥护我们。除了学生，除了学生！不能不给小孩子们个厉害！我们出了多少力，费了多少心血，才有今日，临完他们喊打倒，善老？”看着善老连连点头，他那点吃烟人所应有的肝火消散了点。“这么办吧，善老，我先通知公安局派一队人来，然后咱们再分头打电打听打听谁是为首的人。”他的眼忽然一亮，“善老，好不好召集全体委员开个会呢！”

“想想看，”包善卿决定不肯被方文玉给催迷了头，在他的经验里，没有办法往往是最好的办法，而延宕足以杀死时间与风波。“先不用给公安局打电；他们应当赶上咱们来，这是他们当笔好差事的机会，咱们不能迎着他们去。至于开会，不必：一来是委员们都没在这儿，二来委员不都是由你我荐举的，开了会倒麻烦，倒麻烦。咱们顶好是先打听为首之人；把他打听到，”包善卿两只肥手向外一推，“一股拢总全交给山木。省心，省事，不得罪人！”

方文玉刚要张嘴，电话铃又响了。

这回。没等文玉表示出来愿代接电的意思，包善卿的小胖脚紧动慢动地把自己连跑带转地挪过去，像个着了忙的鸭子。摘下耳机，他张开了大嘴喘了一气。“哪里？呕，冯秘书，近来好？啊，啊，啊！局长呢？呕，我忘了，是的，局长回家给老太太作寿去了，我的记性太坏了！那……嗯……请等一等，我想想看，再给你打电，好，谢谢，再见！”挂上耳机。他仿佛接不上气来了。一大堆棉花似的瘫在大椅子上。闭了会儿眼，他低声地说：“记性太坏了，那天给常局长送过去了寿幛，今天就会忘了，要不得！要不得！”

“冯秘书怎么说？”方文玉很关切地问。

“哼，学生已经出来了，冯子才跟我要主意！”包善卿勉强着笑了笑。“我刚才说什么来着？咱们还没教他们派人来呢，他们已经和我要主意；要是咱们先张了嘴，公安局还不搬到我这儿来办公？跟我要主意，他们是干什么的？”

“可是学生已经出来了！”方文玉也想不出办法，可是因为有嗜好，所以胆子更小一点。“您想怎样回复冯子才呢？”

“他当然会给常局长打电报要主意；我不挣那份钱，管不着那段事。”包善卿看着桌上的案头日历。

“您这儿没人保护可不行呀！”方文玉又善意地警告。

“那，我有主意，”包善卿知道学生已经出来，不能不为自己的安全设法了。“文玉，你给张七打个电话，教他马上送五十打手来，都带家伙，每人一天八毛，到委员会领钱，他们比巡警可靠！”

方文玉放了点心，马上给张七打了电话。包善卿也似乎无可顾虑了，躺在沙发上闭了眼。方文玉看着善老，不愿再思索什么，可是总惦记着冯秘书。善老真稳，怎么不给冯回电呢？包善卿早把冯子才忘了，他早知道冯子才若是看事不妙必会偷偷地跑掉，用不着替他担忧，他心中正一一地数点家里的人，自要包家的人都平安，别的都没大关系。他忽然睁开眼，坐起来，按电铃。一边按一边叫：“陈升！陈升！”

陈升轻快地跑进来。

“陈升，大小姐回来没有？”他探着脖，想看桌上的日历：“今天不是礼拜天吗？”

“是礼拜，大小姐没回家，”陈升一边回答，一边倒茶。

“给学校打电，叫她回来，快！”包善卿十分着急地说。“等等再倒茶，先打电！”对于儿女，他最爱的是大小姐，最不放心的也是大小姐。她是大太太生的，又是个姑娘，所以他对于她特别地慈爱，慈爱之中还有些尊重的意思，姨太太们生的小孩自然更得宠爱，可是止于宠爱；在大姑娘身上，只有在她身上，他仿佛找到了替包家维持家庭间的纯洁与道德的负责人。她是“女儿”，非得纯美得像一朵水仙花不可。这朵水仙花供给全家人一些清香，使全家人觉得他们有个鲜花似的千金小姐，而不至于太放肆与胡闹了。大小姐要是男女混杂地也到街上去打旗瞎喊，包家的鲜花就算落在泥中了，因为一旦和男学生们接触，女孩子是无法保持住纯洁的。

“老爷，学校电话断了！”陈升似乎还不肯放手耳机，回头说完这句，又把耳机放在耳旁。

“打发小王去接！紧自攥着耳机干什么呀！”包善卿的眼瞪得极大，短胡子都立起来。陈升跑出去，门外汽车嘟嘟起来。紧跟着，他又跑回：“老爷，张七带着人来了。”

“叫他进来！”包善卿的手微微颤起来，“张七”两个字似乎与祸乱与厮杀有同一的意思，祸乱来在自己的门前，他开始害了怕；虽然他明知道张七是来保护他的。

张七没敢往屋中走，立在门口外：“包大人，对不起您，我才带来三十五个人；今天大家都忙，因为闹学生，各处用人；我把这三十五个放在您这儿，马上再去找，误不了事，掌灯以前，必能凑齐五十名。”

“好吧，张七，”包善卿开开屋门，看了张七一眼：“他们都带着家伙哪？好！赶快去再找几名来！钱由委员会领；你的，我另有份儿赏！”

“您就别再赏啦，常花您的！那么，我走了，您没别的吩咐了？”张七要往外走。

“等等，张七，汽车接大小姐去了，等汽车回来你再走；先去看看那些人们，东口西口和门口分开了站！别都扎在一堆儿！”

张七出去检阅，包善卿回头看了看方文玉，“文玉，你看怎样！不要紧吧？”关上屋门，他背着手慢慢地来回走。

“没准儿了！”方文玉也立起来，脸上更灰暗了些。“毛病是在公安局。局长没在这儿，冯子才大概——”

“大概早跑啦！”包善卿接过去。“空城计，非乱不可，非乱不可，这玩艺，这玩艺，咱们始终不知为首的是谁，有什么办法呢？”

电话！方文玉没等请示，抓下耳机来。“谁？小王？……等等！”偏着点头：“善老，车夫小王在街上借的电话。学生都出去了，大小姐大概也随着走了；街上很乱，打上了！”

“叫小王赶紧回来！”

“你赶紧回来！”方文玉很凶狠的挂上耳机，心中很乱，想烧口烟吃。

“陈升！”包善卿向窗外喊：“叫张七来！”

这回，张七进了屋中，很规矩地立着。

“张七，五十块钱的赏，去把大小姐给找来！你知道她的学校？”

“知道！可是，包大人，成千成万的学生哪儿去找呢？我一个人，再添上俩，找到小姐也没法硬拉出来呀！”

“你去就是了，见机而作！找了来，我另给你十块！”方文玉看着善老，交派张七。

“好吧，我去碰碰！”张七不大乐观地走出去。

“小王回来了，老爷。”陈升进来报告。

“那什么，陈升，把帽子给我。”包善卿楞了会儿，转向方文玉：“文玉，你别走，我出去看看，一个女孩子人家，不能——”

“善老！”方文玉抓住了善老的手，手很凉。“您怎能出去呢！让我去好了。认识我的少一点，您的像片——”

二人同时把眼转到桌上的报纸上。

“文玉你也不能出去！”包善卿腿一软，坐下了。“找山木想办法行不行？这不能算件小事吧？我的女儿！他要是派两名他的亲兵，准能找回来！”

“万一他不管，可不大得劲儿！”方文玉低声地说。

“听！”包善卿直起身来。

包宅离大街不十分远，平常能听得见汽车的喇叭声。现在，像夏日大雨由远而近地那样来了一片继续不断的，混乱而低切的吵嚷，分析不出是什么声音，只是那么流动的，越来越近的一片。一种可怕的，像卷着什么血肉的一团火，或一股怒潮，向前滚进。

方文玉的脸由灰白而惨绿，猛然张开口，咽了一口气。“善老，咱们得逃吧？”

包善卿的嘴动了动，没说出什么来，脸完全紫了。怒气与惧怕往两下处扯他的心，使他说不出话来。“学生！学生！一群毛孩子！”他心里说：“你们懂得什么！懂得什么！包善卿的政治生活非生生让你们吵散不可！包善卿有什么对不起人的地方！混账，一群混账！”

张七拉开屋门，没顾得摘帽子：“大人，他们到了！我去找大小姐，恰好和他们走碰了头！”

“西口把严没有？”包善卿好容易说出话来。

“他们不上这儿来，上教场去集合。”

“自要进来，开枪，我告诉你！”包善卿听到学生们不进胡同，强硬了些。

“听！”张七把屋门推开。

“打倒卖国贼！”千百条嗓子同时喊出。

包善卿的大眼向四下里找了找，好似“卖国贼”三个字像个风筝似的从空中落了下来。他没找到什么，可是从空中又降下一声：“打倒卖国贼！”他看了看方文玉，看了看张七，勉强地要笑笑，没笑出来。“七，”“张”字没能说利落：“大小姐呢？我教你去找大小姐！”

“这一队正是大小姐学校里的，后面还有一大群男学生。”

“看见她了？”

“第一个打旗的就是大小姐！”

“打倒卖国贼！”又从空中传来一声。

在这一声里，包善卿仿佛清清楚楚地听见了自己女儿的声音。

“好，好！”他的手与嘴唇一劲儿颤。“无父无君，男盗女娼的一群东西！我会跟你算账，甭忙，大小姐！别人家的孩子我管不了，你跑不出我的手心去！爸爸是卖国贼，好！”

“善老！善老！”方文玉的烟瘾已经上来，强挣扎着劝慰：“不必生这么大的气，大小姐年轻，一时糊涂，不能算是真心反抗您，绝对不能！”

“你不知道！”包善卿颤得更厉害了。“她要是想要钱，要衣裳，要车，都可以呀，跟我明说好了；何必满街去喊呢！疯了？卖国贼，爸爸是卖国贼，好听？混账，不要脸！”

电话！没人去接。方文玉已经瘾得不爱动，包善卿气得起不来。

张七等铃响了半天，搭讪着过去摘下耳机。“……等等。大人，公安局冯秘书。”

“挂上，没办法！”包善卿躺在沙发上。

“陈升！陈升！”方文玉低声地叫。

陈升就在院里呢，赶快进来。

方文玉向里院那边指了指，然后撅起嘴唇，像叫猫似的轻轻响了几下。

陈升和张七一同退出去。

抱孙

难怪王老太太盼孙子呀；不为抱孙子，娶儿媳妇干吗？也不能怪儿媳妇成天着急；本来吗，不是不努力生养呀，可是生下来不活，或是不活着生下来，有什么法儿呢！就拿头一胎说吧：自从一有孕，王老太太就禁止儿媳妇有任何操作，夜里睡觉都不许翻身。难道这还算不小心？哪里知道，到了五个多月，儿媳妇大概是因为多眨巴了两次眼睛，小产了！还是个男胎；活该就结了！再说第二胎吧，儿媳妇连眨巴眼都拿着尺寸；打哈欠的时候有两个丫环在左右扶着。果然小心谨慎没错处，生了个大白胖小子。可是没活了五天，小孩不知为了什么，竟自一声没出，神不知鬼不觉的与世长辞了。那是十一月天气，产房里大小放着四个火炉，窗户连个针尖大的窟窿也没有，不要说是风，就是风神，想进来是怪不容易的。况且小孩还盖着四床被，五条毛毯，按说够温暖的了吧？哼，他竟自死了。命该如此！

现在，王少奶奶又有了喜，肚子大得惊人，看着颇像轧马路的石碾。看着这个肚子，王老太太心里仿佛长出两只小手，成天抓弄得自己怪要发笑的。这么丰满体面的肚子，要不是双胎才怪呢！子孙娘娘有灵，赏给一对白胖小子吧！王老太太可不只是祷告烧香呀，儿媳妇要吃活人脑子，老太太也不驳回。半夜三更还给儿媳妇送肘子汤，鸡丝挂面……儿媳妇也真作脸，越躺着越饿，点心点心就能吃二斤翻毛月饼：吃得顺着枕头往下流油，被窝的深处能扫出一大碗什锦来。孕妇不多吃怎么生胖小子呢？婆婆儿媳对于此点完全同意。婆婆这样，娘家妈也不能落后啊。她是七趟八趟来“催生”，每次至少带来八个食盒。两亲家，按着哲学上说，永远应当是对仇人。娘家妈带来的东西越多，婆婆越觉得这是有意羞辱人；婆婆越加紧张罗吃食，娘家妈越觉得女儿的嘴亏。这样一竞争，少奶奶可得其所哉，连嘴犄角都吃烂了。

收生婆已经守了七天七夜，压根儿生不下来。偏方儿，丸药，子孙娘娘的香灰，吃多了；全不灵验。到第八天头上，少奶奶连鸡汤都顾不得喝了，疼得满地打滚。王老太太急得给子孙娘娘跪了一股香，娘家妈把天仙庵的尼姑接来念催生咒；还是不中用。一直闹到半夜，小孩算是露出头发来。收生婆施展了绝技，除了把少奶奶的下部全抓破了别无成绩。小孩一定不肯出来。长似一年的一分钟，竟自过了五六十来分，还是只见头发不见孩子。有人说，少奶奶得上医院。上医院？王老太太不能这么办。好吗，上医院去开肠破肚不自自然然的产出来，硬由肚子里往外掏！洋鬼子，二毛子，能那么办；王家要“养”下来的孙子，不要“掏”出来的。娘家妈也发了言，养小孩还能快了吗？小鸡生个蛋也得到了时候呀！况且催生咒还没念完，忙什么？不敬尼姑就是看不起神仙！

又耗了一点钟，孩子依然很固执。少奶奶直翻白眼。王老太太眼中含着老泪，心中打定了主意：保小的不保大人。媳妇死了，再娶一个；孩子更要紧。她翻白眼呀，正好一狠心把孩子拉出来。找奶妈养着一样的好，假如媳妇死了的话。告诉了收生婆，拉！娘家妈可不干了呢，眼看着女儿翻了两点钟的白眼！孙子算老儿，女儿是女儿。上医院吧，别等念完催生咒了；谁知道尼姑们念的是什么呢，假如不是催生咒，岂不坏了事？把尼姑打发了。婆婆还是不答应；“掏”，行不开！婆婆不赞成，娘家妈还真没主意。嫁出的女儿泼出的水，活是王家的人，死是王家的鬼呀。两亲家彼此瞪着，恨不能咬下谁一块肉才解气。

又过了半点多钟，孩子依然不动声色，干脆就是不肯出来。收生婆见事不好，抓了一个空儿溜了。她一溜，王老太太有点拿不住劲儿了。娘家妈的话立刻增加了许多分量："收生婆都跑了，不上医院还等什么呢？等小孩死在胎里哪！"

"死"和"小孩"并举，打动了王太太的心。可是"掏"到底是行不开的。

"上医院去生产的多了，不是个个都掏。"娘家妈力争，虽然不一定信自己的话。

王老太太当然不信这个；上医院没有不掏的。

幸而娘家爹也赶到了。娘家妈的声势立刻浩大起来。娘家爹也主张上医院。他既然也这样说，只好去吧。无论怎说，他到底是个男人。虽然生小孩是女人的事，可是在这生死关头，男人的主意多少有些力量。

两亲家，王少奶奶，和只露着头发的孙子，一同坐汽车上了医院。刚露了头发就坐汽车，真可怜的慌，两亲家不住的落泪。

一到医院，王老太太就炸了烟[1]。怎么，还得挂号？什么叫挂号呀？生小孩子来了，又不是买官米打粥，按哪门子号头呀？王老太太气坏了，孙子可以不要了，不能挂这个号。可是继而一看，若是不挂号，人家大有不叫进去的意思。这口气难咽，可是还得咽；为孙子什么也得忍受。设若自己的老爷还活着，不立刻把医院拆个土平才怪；寡妇不行，有钱也得受人家的欺侮。没工夫细想心中的委屈，赶快把孙子请出来要紧。挂了号，人家要预收五十块钱。王老太太可抓住了："五十？五百也行，老太太有钱！干脆要钱就结了，挂哪门子浪号，你当我的孙子是封信呢！"

医生来了。一见面，王老太太就炸了烟，男大夫？男医当当接生婆？我的儿媳妇不能叫男子大汉给接生。这一阵还没炸完，又出来两个大汉，抬起儿媳妇就往床上放。老太太连耳朵都哆嗦开了！这是要造反呀，人家一个年青青的孕妇，怎么一群大汉来动手脚的？"放下，你们这儿有懂人事的没有？要是有的话，叫几个女的来！不然，我们走！"

恰巧遇上个顶和气的医生，他发了话："放下，叫她们

① 炸了烟：大发脾气。

走吧！”

王老太太咽了口凉气，咽下去砸得心中怪热的，要不是为孙子，至少得打大夫几个最响的嘴巴！现官不如现管，谁叫孙子故意闹脾气呢。抬吧，不用说废话。两个大汉刚把儿媳妇放在帆布床上，看！大夫用两只手在她肚子上这一阵按！王老太太闭上了眼，心中骂亲家母：你的女儿，叫男子这么按，你连一声也不发，德行！刚要骂出来，想起孙子；十来个月的没受过一点委屈，现在被大夫用手乱杵，嫩皮嫩骨的，受得住吗？她睁开了眼，想警告大夫。哪知道大夫反倒先问下来了：“孕妇净吃什么来着？这么大的肚子！你们这些人没办法，什么也给孕妇吃，吃得小孩这么肥大。平日也不来检验，产不下来才找我们！”他没等王老太太回答，向两个大汉说：“抬走！”

王老太太一辈子没受过这个。“老太太”到哪儿不是圣人，今天竟自听了一顿教训！这还不提，话总得说得近情近理呀；孕妇不多吃点滋养品，怎能生小孩呢，小孩怎会生长呢？难道大夫在胎里的时候专喝西北风？西医全是二毛子！不便和二毛子辩驳；拿娘家妈杀气吧，瞪着她！娘家妈没有意思挨瞪，跟着女儿就往里走。王老太太一看，也忙赶上前去。那位和气生财的大夫转过身来："这儿等着！"

两亲家的眼都红了。怎么着，不叫进去看看？我们知道你把儿媳妇抬到哪儿去啊？是杀了，还是剐了啊？大夫走了。王老太太把一肚子邪气全照顾了娘家妈："你说不掏，看，连进去看看都不行！掏？还许大切八块呢！宰了你的女儿活该！万一要把我的孙子——我的老命不要了。跟你拚了吧！"

娘家妈心中打了鼓，真要把女儿切了，可怎办？大切八块不是没有的事呀，那回医学堂开会不是大玻璃箱里装着人腿人腔子吗？没办法！事已至此，跟女儿的婆婆干吧！"你倒怨我？是谁一天到晚填我的女儿来着？没听大夫说吗？老叫儿媳妇的嘴不闲着，吃出毛病来没有？我见人见多了，就没看见一个像你这样的婆婆！"

"我给她吃？她在你们家的时候吃过饱饭吗？"王太太反攻。

"在我们家里没吃过饱饭，所以每次看女儿去得带八个食盒！"

"可是呀，八个食盒，我填她，你没有？"

两亲家混战一番，全不示弱，骂得也很具风格。

大夫又回来了。果不出王老太太所料，得用手术。手术二字虽听着耳生，可是猜也猜着了，手要是竖起来，还不是开刀问斩？大夫说：用手术，大人小孩或者都能保全。不然，全有生命的危险。小孩已经误了三小时，而且决不能产下来，孩子太大。不过，要施手术，得有亲族的签字。

王老太太一个字没听见。掏是行不开的。

“怎样？快决定！”大夫十分的着急。

“掏是行不开的！”

“愿意签字不？快着！”大夫又紧了一板。

“我的孙子得养出来！”

娘家妈急了：“我签字行不行？”

王老太太对亲家母的话似乎特别的注意：“我的儿媳妇！你算哪道？”

大夫真急了，在王老太太的耳根子上扯开脖子喊：“这可是两条人命的关系！”

“掏是不行的！”

“那么你不要孙子了？”大夫想用孙子打动她。

果然有效，她半天没言语。她的眼前来了许多鬼影，全似乎是向她说：“我们要个接续香烟的，掏出来的也行！”

她投降了。祖宗当然是愿要孙子；掏吧！“可有一样，掏出来得是活的！”她既是听了祖宗的话，允许大夫给掏孙子，当然得说明了要活的。掏出个死的来干吗用？只要掏出活孙子来，儿媳妇就是死了也没大关系。

娘家妈可是不放心女儿：“准能保大小都活着吗？”

“少说话！”王老太太教训亲家太太。

“我相信没危险，”大夫急得直流汗，“可是小孩已经耽误了半天，难保没个意外；要不然请你签字干吗？”

“不保准呀？乘早不用费这道手！”老太太对祖宗非常的负责任；好吗，掏了半天都再不会活着，对的起谁！

“好吧，”大夫都气晕了，“请把她拉回去吧！你可记住了，两条人命！”

“两条三条吧，你又不保准，这不是瞎扯！”

大夫一声没出，抹头就走。

王老太太想起来了，试试也好。要不是大夫要走，她决想不起这一招儿来。“大夫，大夫！你回来呀，试试吧！”

大夫气得不知是哭好还是笑好。把单子念给她听，她画了个十字儿。

两亲家等了不晓得多么大的时候，眼看就天亮了，才掏了出来，好大的孙子，足分量十三磅！王老太太不晓得怎么笑好了，拉住亲家母的手一边笑一边刷刷的落泪。亲家母已不是仇人了，变成了老姐姐。大夫也不是二毛子了，是王家的恩人，马上赏给他一百块钱才合适。假如不是这一掏，叫这么胖的大孙子生生的憋死，怎对祖宗呀？恨不能跪下就磕一阵头，可惜医院里没供着子孙娘娘。

胖孙子已被洗好，放在小儿室内。两位老太太要进去看看。不只是看看，要用一夜没洗过的老手指去摸摸孙子的胖脸蛋。看护不准两亲家进去，只能隔着玻璃窗看着。眼看着自己的孙子在里面，自己的孙子，连摸摸都不准！娘家妈摸出个红封套来——本是预备赏给收生婆的——递给看护；给点运动费，还不准进去？事情都来得邪，看护居然不收。王老太太揉了揉眼，细端详了看护一番，心里说："不像洋鬼子妞呀，怎么给赏钱都不接着呢？也许是面生，不好意思的？有了，先跟她闲扯几句，打开了生脸就好办了。"指着屋里的一排小篮说："这些孩子都是掏出来的吧？"

"只是你们这个，其余的都是好好养下来的。"

"没那个事，"王老太太心里说，"上医院来的都得掏。"

"给孕妇大油大肉吃才掏呢，"看护有点爱说话。

"不吃，孩子怎能长这么大呢！"娘家妈已和王老太太立在同一战线上。

“掏出来的胖宝贝总比养下来的瘦猴儿强！”王老太太有点觉得不掏出来的孩子没有住医院的资格。“上医院来‘养’，脱了裤子放屁，费什么两道手！”

无论怎说，两亲家干瞪眼进不去。

王老太太有了主意，“丫环，”她叫那个看护，“把孩子给我，我们家去。还得赶紧去预备洗三请客呢！”

“我既不是丫环，也不能把小孩给你，”看护也够和气的。

“我的孙子，你敢不给我吗？医院里能请客办事吗？”

“用手术取出来的，大人一时不能给小孩奶吃，我们得给他奶吃。”

“你会，我们不会？我这快六十的人了，生过儿养过女，不比你懂得多；你养过小孩吗？”老太太也说不清看护是姑娘，还是媳妇，谁知道这头戴小白盔的是什么呢。

“没大夫的话，反正小孩不能交给你！”

“去把大夫叫来好了，我跟他说；还不愿意跟你费话呢！”

“大夫还没完事呢，割开肚子还得缝上呢。”

看护说到这里，娘家妈想起来女儿。王老太太似乎还想不起儿媳妇是谁。孙子没生下来的时候，一想起孙子便也想到媳妇；孙子生下来了，似乎把媳妇忘了也没什么。娘家妈可是要看看女儿，谁知道女儿的肚子上开了多大一个洞呢？割病室不许闲人进去，没法，只好陪着王老太太瞭望着胖小子吧。

好容易看见大夫出来了。王老太太赶紧去交涉。

“用手术取小孩，顶好在院里住一个月，”大夫说。

“那么三天满月怎么办呢？”王老太太问。

“是命要紧，还是办三天要紧呢？产妇的肚子没长上，怎能去应酬客人呢？”大夫反问。

王老太太确是以为办三天比人命要紧，可是不便于说出来，因为娘家妈在旁边听着呢。至于肚子没长好，怎能招待客人，那有办法：“叫她躺着招待，不必起来就是了。”

大夫还是不答应。王老太太悟出一条理来：“住院不是为要钱吗？好，我给你钱，叫我们娘们走吧，这还不行？”

“你自己看看去，她能走不能？”大夫说。

两亲家反都不敢去了。万一儿媳妇肚子上还有个盆大的洞，多么吓人？还是娘家妈爱女儿的心重，大着胆子想去看看。王老太太也不好意思不跟着。

到了病房，儿媳妇在床上放着的一张卧椅上躺着呢，脸就像一张白纸。娘家妈哭得放了声，不知道女儿是活还是死。王老太太到底心硬，只落了一半个泪，紧跟着炸了烟：“怎么不叫她平平正正的躺下呢？这是受什么洋刑罚呢？”

“直着呀，肚子上缝的线就绷了，明白没有？”大夫说。

“那么不会用胶粘上点吗？”王老太太总觉得大夫没有什么高明主意。

娘家妈想和女儿说几句话，大夫也不允许。两亲家似乎看出来，大夫不定使了什么坏招儿，把产妇弄成这个样。无论怎说吧，大概一时是不能出院。好吧。先把孙子抱走，回家好办三天呀。

大夫也不答应，王老太太急了。“医院里洗三不洗？要是洗的话，我把亲友全请到这儿来；要是不洗的话，再叫我抱走；头大的孙子，洗三不请客办事，还有什么脸得活着？”

“谁给小孩奶吃呢？”大夫问。

“雇奶妈子！”王老太太完全胜利。

到底把孙子抱出来了。王老太太抱着孙子上了汽车，一上车就打嚏喷，一直打到家，每个嚏喷都是照准了孙子的脸射去的。到了家，赶紧派人去找奶妈子，孙子还在怀中抱着，以便接收嚏喷。不错，王老太太知道自己是着了凉；可是至死也不能放下孙子。到了晌午，孙子接了至少有二百多个嚏喷，身上慢慢的热起来。王老太太更不肯撒手了。到了下午三点来钟，孙子烧得像块火炭了。到了夜里，奶妈子已雇妥了两个，可是孙子死了，一口奶也没有吃。

王老太太只哭了一大阵；哭完了，她的老眼瞪圆了："掏出来的！掏出来的能活吗？跟医院打官司！那么沉重的孙子会只活了一天，哪有的事？全是医院的坏，二毛子们！"

王老太太约上亲家母，上医院去闹。娘家妈也想把女儿赶紧接出来，医院是靠不住的！

把儿媳妇接出来了；不接出来怎好打官司呢？接出来不久，儿媳妇的肚子裂了缝，贴上"产后回春膏"也没什么用，她也不言不语的死了。好吧，两案归一，王老太太把医院告了下来。老命不要了，不能不给孙子和媳妇报仇！

阳光

想起幼年来，我便想到一株细条而开着朵大花的牡丹，在春晴的阳光下，放着明艳的红瓣儿与金黄的蕊。我便是那朵牡丹。偶尔有一点愁恼，不过像一片早霞，虽然没有阳光那样鲜亮，到底还是红的。我不大记得幼时有过阴天。不错，有的时候确是落了雨，可是我对于雨的印象是那美的虹、积水上飞来飞去的蜻蜓，与带着水珠的花。自幼我就晓得我的娇贵与美丽。自幼我便比别的小孩精明，因为我有机会学事儿。要说我比别人多会着什么，倒未必，我并不须学习什么。可是我精明，这大概是因为有许多人替我做事，我一张嘴，事情便做成了。这样，我的聪明是在怎样支使人，和判断别人做得怎样：好，还是不好。所以我精明。别人比我低，所以才受我的支使；别人比我笨，所以才不能老满足我的心意。

地位的优越使我精明。可是我不愿承认地位的优越，而永远自信我很精明。因此，不但我是在阳光中，而且我自居是个明艳光暖的小太阳，我自己发着光。

我的父母兄弟，要是比起别人的，都很精明体面。可是跟我一比，他们还不算顶精明、顶体面。父母只有我这么一个女儿，兄弟只有我这么一个姊妹，我天生来得可贵。连父母都得听我的话。我永远是对的。我要在平地上跌倒，他们便争着去责打那块地；我要是说苹果咬了我的唇，他们便齐声地骂苹果。我并不感谢他们，他们应当服从我。世上的一切都应当服从我。

记忆中的幼年是一片阳光，照着没有经过排列的颜色，像风中的一片各色的花，摇动复杂而浓艳。我也记得我曾害过小小的病，但是病更使我娇贵，添上许多甜美的细小的悲哀，与意外的被人怜爱。我现在还记得那透明的冰糖块儿，把药汁的苦味减到几乎是可爱的。在病中我是温室里的早花，虽然稍微细弱一些，可是更秀丽可喜。

到学校去读书是较大的变动，可是父母的疼爱与教师的保护使我只记得我的胜利，而忘了那一点点痛苦。在低级里，我已经觉出我自己的优越。我不怕生人，对着生人我敢唱歌、跳舞。我的装束永远是最漂亮的。我的成绩也是最好的，假若我有做不上来的，回到家中自有人替我做成，而最高的分数是我的。因为这些学校中的训练，我也在亲友中得到美誉与光荣，我常去给新娘子拉纱，或提着花篮，我会眼看着我的脚尖慢慢地走，觉出我的腮上必是红得像两瓣儿海棠花。我的玩具、我的学校用品，都证明我的阔绰。我很骄傲，可也有时候很大方，我爱谁就给谁一件东西。在我生气的时候，我随便撕碎摔坏我的东西，使大家知道我的脾气。

入了高小，我开始觉出我的价值。我厉害，我美丽，我会说话，我背地里听见有人讲究我，说我聪明外露，说我的鼻孔有点向上翻着。我对着镜子细看，是的，他们说对了。但是那并不减少我的美丽。至于聪明外露，我喜欢这样。我的鼻孔向上撑着点，不但是件事实而且我自傲有这件事实。我觉出我的鼻孔可爱，它向上翻着点，好像是藐视一切，和一切挑战。我心中的最厉害的话先由鼻孔透出一点来，当我说过了那样的话，我的嘴唇向下撇一些，把鼻尖坠下来，像花朵在晚间自己并上那样甜美的自爱。对于功课，我不大注意，我的学校里本来不大注意功课。况且功课与我没多大关系，我和我的同学们都是阔家的女儿，我们顾衣裳与打扮还顾不来，哪有工夫去管功课呢。学校里的穷人与先生与工友们！我们不能听工友的管辖，正像不能受先生们的指挥。先生们也知道她们不应当管学生。况且我们的名誉并不因此而受损失。讲跳舞，讲唱歌，讲演剧，都是我们的最好，每次赛会都是我们第一。就是手工图画也是我们的最好，我们买得起的材料，别的学校的学生买不起。我们说不上爱学校与先生们来，可也不恨它与她们，我们的光荣常常与学校分不开。

在高小里，我的生活不尽是阳光了。有时候我与同学们争吵得很厉害。虽然胜利多半是我的，可是在战斗的期间到底是费心劳神的。我们常因服装与头发的式样，或别种小的事，发生意见，分成多少党。我总是做首领的。我得细心地计划，因为我是首领。我天生来是该做首领的，多数的同学好像是木头做的，只能服从，没有一点主意，我是她们的脑子。

在毕业的那一年，我与班友们都自居为大姑娘了。我们非常地爱上学。不是对功课有兴趣，而是我们爱学校中的自由。我们三个一群、两个一伙，挤着搂着，充分自由地讲究那些我们并不十分明白而愿意明白的事。我们不能在另一个地方找到这种谈话与欢喜，我们不再和小学生们来往，我们所知道的和我们以为已经知道的那些事使我们觉得像小说中的女子。我们什么也不知道，也不愿意知道什么；我们只喜爱小说中的人与事。我们交换着知识使大家都走入一种梦幻境界。我们知道许多女侠、许多烈女、许多不守规矩的女郎。可是我们所最喜欢的是那种多心眼的、痴情的女子，像林黛玉那样的。我们都愿意聪明，能说出些尖酸而伤感的话。我们管我们的课室叫“大观园”。是的，我们也看电影，但是电影中的动作太粗野，不像我们理想中的那么缠绵。我们既都是阔家的女儿，在谈话中也低声报告着在家中各人所看到的事，关于男女的事。这些事正如电影中的，能满足我们一时的好奇心，而没有多少味道。我们不希望干那些姨太太们所干的事，我们都自居为真正的爱人，有理想，有痴情，虽然我们并不懂得什么。无论怎说吧，我们的一半纯洁一半污浊的心使我们愿意听那些坏事，而希望自己保持住娇贵与聪明。我们是一群十四五岁的鲜花。

在初入中学的时候，我与班友们由大姑娘又变成了小姑娘。高年级的同学看不起我们。她们不但看不起我们，也故意地戏弄我们。她们常把我们捉了去，做她们的 dear，大学生自居为男子。这个，使我们害羞，可是并非没有趣味。这使我觉到一些假装的，同时又有点味道的，爱恋情味。我们仿佛是由盆中移到地上的花，虽然环境的改变使我们感觉不安，可是我们也正在吸收新的更有力的滋养。我们觉出我们是女子，觉出女子的滋味，而自惜自怜。在这个期间，我们对于电影开始吃进点味儿，看到男女的长吻，我们似乎明白了些意思。

到了二三年级，我们不这么老实了。我简直可以这么说，这两年是我的黄金时代。高年级的学生没有我们的胆量大，低年级的有我们在前面挡着也闹不起来。只有我们，既然和高年级的同学学到了许多坏招数，又不像新学生那样怕先生。我们要干什么便干什么。高年级的学生会思索，我们不必思索；我们的脸一红，动作就跟着来了，像一口血似的啐出来。我们粗暴、小气，使人难堪，一天到晚唧唧咕咕，笑不正经笑，哭也不好生哭。我非常好动怒，看谁也不顺眼。我爱做的不就去好好做，我不爱做的就干脆不去做，没有理由，更不屑于解释。这样，我的脾气越大，胆子也越大。我不怕男学生追我了。我与班友们都有了追逐的男学生。而且以此为荣。可是男学生并追不上我们，他们只使我们心跳，使我们彼此有的谈论，使我们成了电影狂。及至有机会真和男人——亲戚或家中的朋友——见面，我反倒吐吐舌头或端端肩膀，说不出什么，更谈不到交际。在事后，我觉得泄气，不成体统，可是没有办法。人是要慢慢长起来的，我现在明白了。但是，无论怎说吧，这是个黄金时代。一天一天糊糊涂涂地过去，完全没有忧虑，像棵傻大的热带的树，常开着花，一年四季是春天。

提到我的聪明，哼，我的鼻尖还是向上翻着点；功课呢，虽然不能算是最坏的，可至好也不过将就得个丙等。做小孩的时候，我愿意人家说我聪明；入了中学，特别是在二三年级的时候，我讨厌人家夸奖我。自然我还没完全丢掉争强好胜的心，可是不在功课上，因此，对于先生的夸奖我觉得讨厌。有的同学在功课上处处求好，得到荣誉，我恨这样的人。在我的心里，我还觉得我聪明；我以为我是不屑于表现我的聪明，所以得的分数不高；那能在功课上表现出才力来的不过是多用着点工夫而已，算不了什么。我才不那么傻用工夫，多演几道题，多做一些文章，干什么用呢？我的父母并没仗着我的学问才有饭吃。况且我的美已经是出名的，报纸上常有我的相片，称我为高才生、大家闺秀。用功与否有什么关系呢？我是个风筝，高高的在春云里，大家都仰着头看我，我只需晃动着，在春风里游戏便够了。我的上下左右都是阳光。

可是到了高年级，我不这么野调无腔的了。我好像开始觉到我有了个固定的人格，虽然不似我想象的那么固定，可是我觉得自己稳重了一些，身中仿佛有点沉重的气儿。我想，这一方面是由于我的家庭，一方面是由于我自己的发育，而成的。我的家庭是个有钱而自傲的，不允许我老淘气精似的；我自己呢，从身体上与心灵上都发展着一些精微的、使我自怜的什么东西。我自然的应当自重。因为自重，我甚至于有时候循着身体或精神上的小小病痛，而显出点可怜的病态与娇羞。我好像正在培养着一种美，叫别人可怜我而又得尊敬我的美。我觉出我的尊严，而愿显露出自己的娇弱。其实我的身体很好。因为身体好，所以才想象到那些我所没有的姿态与秀弱。我仿佛要把女性所有的一切动人的情态全吸收到身上来。女子对于美的要求，至少是我这么想，是得到一切，要不然便什么也没有也好。因为这个绝对的要求，我们能把自己的一点美好扩展得像一个美的世界。我们醉心地搜求发现这一点点美所包含的力量与可爱。不用说，这样发现自己、欣赏自己，不知不觉地有个目的，为别人看。在这个时节我对于男人是老设法躲避的。我知道自己的美，而不能轻易给谁，我是有价值的。我非常的自傲，理想很高。影影绰绰的我想到假如我要属于哪个男人，他必是世间罕有的美男子，把我带到天上去。

因为家里有钱，所以我得加倍的自尊自傲。有钱，自然得骄傲，因为钱多而发生的不体面的事，使我得加倍骄傲。我这时候有许多看不上眼的事都发生在家里，我得装出我们是清白的。钱买不来道德，我得装成好人。我家里的人用钱把别人家的女子买来，而希望我给他们转过脸来。别人家的女儿可以糟蹋在他们的手里，他们的女子——我——可得纯洁，给他们争脸面。我父亲、哥哥，都弄来女人，他们的乱七八糟都在我眼里。这个使我轻看他们，也使他们更重看我，他们可以胡闹，我必须贞洁。我是他们的希望。这个，使我清醒了一些，不能像先前那么欢蹦乱跳的了。

可是在清醒之中，我也有时候因身体上的刺激，与心里对父兄的反感，使我想到去浪漫。我凭什么为他们而守身如玉呢？我的脸好看，我的身体美好，我有青春，我应当在个爱人的怀里。我还没想到结婚与别的大问题，我只想把青春放出一点去，像花不自己老包着香味，而是随着风传到远处去。在这么想的时节，我心中的天是蓝得近乎翠绿，我是这蓝绿空中的一片桃红的霞。可是一回到家中，我看到的是黑暗。我不能不承认我是比他们优越，于是我也就更难处置自己。即使我要肉体上的快乐，我也比他们更理想一些。因此，我既不能完全与他们一致，又恨我不能实际地得到什么。我好像是在黄昏中，不像白天也不像黑夜。我失了我自幼所有的阳光。

我很想用功，可是安不下心去。偶尔想到将来，我有点害怕：我会什么呢？假若我有朝一日和家庭闹翻了，我仗着什么活着呢？把自己细细地分析一下，除了美丽，我什么也没有。可是再一想呢，我不会和家中决裂，即使是不可免的，现在也无须那样想。现在呢，我是富家的女儿；将来我总不至于陷在穷苦中吧。我庆幸我的命运，以过去的幸福预测将来的一帆风顺。在我的手里，不会有恶劣的将来，因为目前我有一切的幸福。何必多虑呢，忧虑是软弱的表示。我的前途是征服，正像我自幼便立在阳光里，我的美永远能把阳光吸了来。在这个时候，我听见一点使我不安的消息：家中已给我议婚了。

我才十九岁！结婚，这并没吓住我；因为我老以为我是个足以保护自己的大姑娘。可是及至这好像真事似的要来到头上，我想起我的岁数来，我有点怕了。我不应这么早结婚。即使非结婚不可，也得容我自己去找到理想的英雄；我的同学们哪个不是抱着这样的主张，况且我是她们中最聪明的呢。可是，我也偷偷听到，家中所给提的人家，是很体面的，很有钱，有势力；我又痛快了点。并不是我想随便地被家里把我聘出去，我是觉出我的价值——不论怎说，我要是出嫁，必嫁个阔公子，跟我的兄弟一样。我过惯了舒服的日子，不能嫁个穷汉。我必须继续着在阳光里。这么一想，我想象着我已成了个少奶奶，什么都有，金钱，地位，服饰，仆人，这也许是有趣的。这使我有点害羞，可也另有点味道，一种渺茫而并非不甜美的味道。

这可只是一时的想象。及至我细一想，我决定我不能这么断送了自己；我必须先尝着一点爱的味道。我是个小姐，但是在爱的里面我满可以把“小姐”放在一边。我忽然想自由，而自由必先平等。假如我爱谁，即使他是个叫花子也好。这是个理想；非常的高尚，我觉得。可是，我能不能爱个叫花子呢？不能！先不用提乞丐，就是拿个平常人说吧，一个小官，或一个当教员的，他能养得起我吗？别的我不知道，我知道我不会受苦。我生来是朵花，花不会工作，也不应当工作。花只嫁给富丽的春天。我是朵花，就得有花的香美，我必须穿得华丽，打扮得动人，有随便花用的钱，还有爱。这不是野心，我天生的是这样的人，应当享受。假若有爱而没有别的，我没法想到爱有什么好处。我自幼便精明，这时候更需要精明地思索一番了。我真用心思索了，思索得甚至于有点头疼。

我的不安使我想到动作。我不能像乡下姑娘那样安安顿顿地被人家娶了走。我不能。可是从另一方面想，我似乎应当安顿着。父母这么早给我提婚，大概就是怕我不老实而丢了他们的脸。他们想乘我还全须全尾地送了出去，成全了他们的体面，免去了累赘。为做父母的想，这或者是很不错的办法，但是我不能忍受这个；我自己是个人，自幼儿娇贵；我还是得做点什么，做点惊人的，浪漫的，而又不吃亏的事。说到归齐[①]，我是个“新”女子呀，我有我的价值呀！

机会来了！我去给个同学做伴娘，同时觉得那个伴郎似乎可爱。即使他不可爱，在这么个场面下，也当可爱。看着别人结婚是最受刺激的事：新夫妇，伴郎伴娘，都在一团喜气里，都拿出生命中最像玫瑰的颜色，都在花的香味里。爱，在这种时候，像风似的刮出去刮回来，大家都荡漾着。我觉得我应当落在爱恋里，假如这个场面是在爱的风里。我，说

---

① 说到归齐：说到底。

真的，比全场的女子都美丽。设若在这里发生了爱的遇合，而没有我的事，那是个羞辱。全场中的男子就是那个伴郎长得漂亮，我要征服，就得是他。这自然只是环境使我这么想，我还不肯有什么举动；一位小姐到底是小姐。虽然我应当要什么便过去拿来，可是爱情这种事顶好得维持住点小姐的身份。及至他看我了，我可是没了主意。也就不必再想主意，他先看我的，我总算没丢了身份。况且我早就想他应当看我呢。他或者是早就明白了我的心意，而不能不照办；他既是照我的意思办，那就不必再否认自己了。

事过之后，我走路都特别的爽利。我的胸脯向来没这样挺出来过，我不晓得为什么我老要笑，身上轻得像根羽毛似的。在我要笑的时节，我渺茫地看到一片绿海，被春风吹起些小小的浪。我是这绿波上的一只小船，挂着雪白的帆，在阳光下缓缓地飘浮，一直飘到那满是桃花的岛上。我想不到什么更具体的境界与事实，只感到我是在春海上游戏。我倒不十分地想他，他不过是个灵感。我还不会想到他有什么好处，我只觉得我的初次的胜利，我开始能把我的香味送出去，我开始看见一个新的境界，认识了个更大的宇宙，山水花木都由我得到鲜艳的颜色与会笑的小风。我有了力量，四肢有了弹力，我忘了我的聪明与厉害，我温柔得像一团柳絮。我设若不能再见到他，我想我不会惦记着他，可是我将永久忘不下这点快乐，好像头一次春雨那样不易被忘掉。有了这次春雨，一切便有了主张，我会去创造一个顶完美的春天。我的心展开了一条花径，桃花开后还有紫荆呢。

可是，他找我来了。这个破坏了我的梦境，我落在尘土上，像只伤了翅的蝴蝶。我不能不拿出我在地上的手段来了。我不搭理他，我有我的身份。我毫不迟疑地拒绝了他。等他羞惭地还勉强笑着走去之后，我低着头慢慢地走，我的心中看清楚我全身的美，甚至我的后影。我是这样的美，我觉得我是立在高处的一个女神刻像，只准人崇拜，不许动手来摸。我有女神的美，也有女神的智慧与尊严。

过了一会儿，我又盼他再回来了：不是我盼望他、惦记他，他应当回来，好表示出他的虔诚，女神有时候也可以接收凡人的爱，只要他虔诚。果然在不久之后，他又来了。这使我心里软了点。可是我还不能就这么轻易给他什么，我自幼便精明，不能随便任着冲动行事。我必须把他揉搓得像块皮糖，能绕在我的小手指上，我才能给他所要求的百分之一二。爱是一种游戏，可由得我出主意。我真有点爱他了，因为他供给了我做游戏的材料。我总让他闻见我的香味，而这个香味像一层厚雾隔开他与我，我像雾后的一个小太阳，微微地发着光，能把四围射成一圈红晕，但是他觉不到我的热力，也看不清楚我。我非常的高兴，我觉出我青春的老练，像座小春山似的，享受着春的雨露，而稳固不能移动。我自信对男人已有了经验，似乎把我放在什么地方，我也可以有办法。我没有可怕的了，我不再想林黛玉，黛玉那种女子已经死绝了。

因此我越来越胆大了。我的理想是变成电影中那个红发女郎，多情而厉害，可以叫人握着手，及至他要吻的时候，就抡手给他个嘴巴。我不稀罕他请我看电影、请我吃饭，或送给我点礼物。我自己有钱。我要的是香火，我是女神。自然我有时候也希望一个吻，可是我的爱应当是另一种，一种没有吻的爱，我不是普通的女子。他给我开了爱的端，我只感激他这点。我的脚底下应有一群像他的青年男子。我的脚是多么好看呢！

家中还进行着我的婚事。我暗中笑他们，一声儿不出。我等着。等到有了定局再说，我会给他们一手儿看看。是的，我得多预备人，万一到和家中闹翻的时候，好挑选一个捉住不放。我在同学中成了顶可羡慕的人，因为我敢和许多男子交际。那些只有一个爱人的同学，时常地哭，把眼哭得桃儿似的。她们只有一个爱人，而且任着他的性儿欺侮，怎能不哭呢。我不哭，因为我有准备。我看不起她们，她们把小姐的身份作丢了。她们管哭哭啼啼叫做爱的甘蔗，我才不吃这样的甘蔗，我和她们说不到一块。她们没有脑子。她们常受男人的骗。回到宿舍哭一整天，她们引不起我的同情，她们该受骗！我在爱的海边游泳，她们闭着眼往里跳。这群可怜的东西。

中学毕了业，我要求家中允许我入大学。我没心程读书，只为多在外面玩玩，本来嘛，洗衣有老妈，做衣裳有裁缝，做饭有厨子，教书有先生，出门有汽车，我学本事干什么呢？我得入学，因为别的女子有入大学的，我不能落后，我还想出洋呢。学校并不给我什么印象，我只记得我的高跟鞋在洋灰路上或地板上的响声，咯噔咯噔的，怪好听。我的宿室顶阔气，床下堆着十来双鞋，我永远不去整理它们，就那么堆着。屋中越乱越显出阔气。我打扮好了出来，像个青蛙从水中跳出，谁也想不到水底下有泥。我的眉须画半点多钟，哪有工夫去收拾屋子呢？赶到下雨的天，鞋上沾了点泥，我才去访那好清洁的同学，把泥留在她的屋里。她们都不敢惹我。入学不久我便被举为学校的皇后。与我长得同样美的都失败了，她们没有脑子，没有手段，我有。在中学交的男朋友全断绝了关系，连那个伴郎。我的身份更高了，我的阅历更多了，我既是皇后，至少得有个皇帝做我的爱人。被我拒绝了的那些男子还有时候给我来信，都说他们常常因想我而落泪。落吧，我有什么法子呢？他们说我狠心，我何尝狠心呢？我有我的身份、理想，与美丽。爱和生命一样，经验越多便越高明，聪明的爱是理智的，多咱爱把心迷住——我由别人的遭遇看出来——便是悲剧。我不能这么办。做了皇后以后，我的新朋友很多很多了。我戏耍他们、嘲弄他们，他们都羊似的驯顺老实。这几乎使我绝望了，我找不到可征服的，他们永远投降，没有一点战斗的心思与力量。谁说男子强硬呢？我还没看见一个。

我的办法使我自傲，但是和别人的一比较，我又有点嫉妒：我觉得空虚。别的女同学每每因为恋爱的波折而极伤心地哭泣，或因恋爱的成功而得意，她们有哭有笑，我没有。在一方面呢，我自信比她们高明；在另一方面呢，我又希望我也应表示出点真的感情。可是我表示不出，我只会装假，我的一切举动都被那个“小姐”管束着，我没了自己。说话，我团着舌头；行路，我扭着身儿；笑，只有声音。我做小姐做惯了，凡事都有一定的程式，我找不到自己在哪儿。因此，我也想热烈一点、愚笨一点，也使我能真哭真笑。可是不成功。我没有可哭的事，我有一切我所需要的；我也不会狂喜，我不是三岁的小孩儿能被一件玩意儿哄得跳着脚儿笑。我看父母，他们的悲喜也多半是假的，只在说话中用几个适当的字表示他们的情感，并不真动感情。有钱，天下已没有可悲的事；欲望容易满足，也就无从狂喜。他们微笑着表示出气度不凡与雍容大雅。可是我自己到底是个青年女郎，似乎至少也应当偶然愚傻一次，我太平淡无奇了。这样，我开始和同学们捣乱了，谁叫她们有哭有笑而我没有呢？我设法引诱她们的“朋友”，和她们争斗，希望因失败或成功而使我的感情运动运动。结果，女同学们真恨我了，而我还是觉不到什么重大的刺激。我太聪明了、开通了，一定是这样。可是几时我才能把心打开，觉到一点真的滋味呢？

我几乎有点着急了，我想我得闭上眼往水里跳一下，不再细细地思索，跳下去再说。哼，到了这个时节，也不知怎么了，男子不上我的套儿了。他们跟我敷衍，不更进一步使我尝着真的滋味，他们怕我。我真急了，我想哭一场，可是无缘无故的怎好哭呢？女同学们的哭都是有理由的。我怎能白白地不为什么而哭呢？况且，我要是真哭起来，恐怕也得不到同情，而只招她们暗笑。我不能丢这个脸。我真想不再读书了，不再和这群破同学们周旋了。

正在这个期间，家中已给我订了婚。我可真得细细思索一番了。我是个小姐——我开始想——小姐的将来是什么？这么一问我把许多男朋友从心中注销了。这些男朋友都不能维持住我——小姐——所希望的将来。我的将来必须与现在差不多，最好是比现在还好上一些。家中给找的人有这个能力。我的将来，假如我愿嫁他，可很保险的。可是爱呢？这可有点不好办。那群破女同学在许多事上不如我，可是在爱上或者足以向我夸口，我怎能在这一点上输给她们呢？假若她们知道我的婚姻是家中给定的，她们得怎样轻看我呢？这倒真不好办了！既无顶好的办法，我得退一步想了：倘若有个男子，既然可以给我爱，而且对将来的保障也还下得去，虽不能十分满意，我是不是该当下嫁他呢？这把小姐的身份与应有的享受牺牲了些，可是有爱足以抵补。说到归齐，我是位新式小姐呀。是的，可以这么办。可是，这么办，怎样对付家里呢？奋斗，对，奋斗！

我开始奋斗了，我是何等的强硬呢，强硬得使我自己可怜我自己了。家中的人也很强硬呀，我真没想到他们会能这么样。他们的态度使我怀疑我的身份了，他们一向是怕我的，为什么单在这件事上这么坚决呢？大概他们是并没有把我看在眼里，小事由着我，大事可得他们拿主意。这可使我真动了气。啊，我明白了点什么，我并不是像我所想的那么贵重。我的太阳没了光，忽然天昏地暗了。

怎办呢！我既是位小姐，又是个“新”小姐，这太难安排了。我好像被圈在个夹壁墙里了，没法儿转身。身份地位是必要的，爱也是必要的，没有哪样也不行。即使我肯舍去一样，我应当舍去哪个呢？我活了这么大，向来没有着过这样的急。我不能只为我打算，我得为“小姐”打算，我不是平常的女子。抛弃了我的身份，是对不起自己。我得勇敢，可不能装疯卖傻，我不能把自己放在危险的地方。那些男朋友都说爱我，可是哪一个能满足我所应当要的、必得要的呢？他们多数是学生，他们自己也不准知道他们的将来怎样；有一两个怪漂亮的助教也跟我不错，我能不能要个小小的助教？即使他们是教授，教授还不是一群穷酸？我应当、必须，对得起自己，把自己放在最高最美丽的地点。

奋斗了许多日子，我自动地停战了。家中给提的人家到底是合乎我的高尚的自尊的理想。除了欠着一点爱，别的都合适。爱，说回来，值多少钱一斤呢？我爽性不上学了，既怕同学们暗笑我，就躲开她们好了。她们有爱，爱把她们拉到泥塘里去！我才不那么傻。在家里，我很快乐，父母们对我也特别的好。我开始预备嫁衣。做好了，我偷偷地穿上看一看，戴上钻石的戒指与胸珠，确是足以压倒一切！我自傲幸而我机警，能见风转舵，使自己能成为最可羡慕的新娘子，能把一切女人压下去。假若我只为了那点爱，而随便和个穷汉结婚，头上只戴上一束纸花，手指套上个铜圈，头纱在地上拋着一尺多，我怎样活着，羞也羞死了！

自然我还不能完全忘掉那个无利于实际而怪好听的字——爱。但是没法子再转过这个弯儿来。我只好拿这个当作一种牺牲，我自幼儿还没牺牲过什么，也该挑个没多大用处的东西扔出去了。况且要维持我的“新”还另有办法呢，只要有钱，我的服装、鞋袜、头发的样式，都足以做新女子的领袖。只要有钱，我可以去跳舞、交际，到最文明而热闹的地方去。钱使人有生趣、有身份、有实际的利益。我想象着结婚时的热闹与体面、婚后的娱乐与幸福，我的一生是在阳光下，永远不会有一小片黑云。我甚至于迷信了一些，觉得父母看宪书、择婚日，都是善意的，婚仪虽是新式的，可是择个吉日吉时也并没什么可反对的。他们是尽其所能地使我吉利顺当。我预备了一件红小袄，到婚期好穿在里面，以免身上太素淡了。

不能不承认我精明，我做对了！我的丈夫是个顶有身份、顶有财产、顶体面，而且顶有道德的人。他很精明，可是不肯自由结婚。他是少年老成，事业是新的，思想是新的，而愿意保守着旧道德。他的婚姻必须经过父母之命、媒妁之言，他要给胡闹的青年们立个好榜样，要挽回整个社会道德的堕落。他是二十世纪的孔孟，我们的结婚相片在各报纸上刊出来，差不多都有一些评论，说我们俩是挽救颓风的一对天使！我在良心上有点害羞了，我曾想过奋斗呢！曾经要求过爱的自由呢！幸而我转变得那么快，不然……

我的快乐增加了我的美丽，我觉得出全身发散着一种新的香味，我胖了一些，而更灵活、大气，我像一只彩凤！可是我并不专为自己的美丽而欣喜，丈夫的光荣也在我身上反映出去，到处我是最体面最有身份最被羡慕的太太。我随便说什么都有人爱听。在做小姐的时候，我的尊傲没有这么足。小姐是一股清泉，太太是一座开满了桃李的山。山是更稳固的、更大样的、更显明的，更有一定的形式与色彩的。我是一座春山，丈夫是阳光，射到山坡上，我腮上的桃花向阳光发笑，那些阳光是我一个人的。

可是我也必得说出来。我的快乐是对于我的光荣的欣赏，我像一朵阳光下的花，花知道什么是快乐吗？除了这点光荣，我必得说，我并没有从心里头感到什么可快活的。我的快活都在我见客人的时候、出门的时候，像只挂着帆、顺风而下的轻舟，在晴天碧海的中间儿。赶到我独自坐定的时候，我觉到点空虚，近于悲哀。我只好不常独自坐定，我把帆老挂起来，有阵风儿我便出去。我必须这样，免得万一我有点不满意的念头。我必须使人知道我快乐，好使人家羡慕我。还有呢，我必须谨慎一点，因为我的丈夫是讲道德的人，我不能得罪他而把他给我的光荣糟蹋了。我的光荣与身份值得用心看守着，可是因此我的快活有时候成为会变动的、像忽晴忽阴的天气，冷暖不定。不过，无论怎么说吧，我必须努力向前；后悔是没意思的，我顶好利用着风力把我的一生光美地度过去；我一开首总算已遇到顺风了，往前走就是了。

以前的事像离我很远了，我没想到能把它们这么快就忘掉。自从结婚那一天我仿佛忽然入了另一个世界，就像在个新地方酣睡似的，猛一睁眼，什么都是新的。及至过了相当时期，我又逐渐地把它们想起来，一个一个的，零散的，像拾起一些散在地上的珠子。赶到我把这些珠子又串起来，它们给我一些形容不出的情感，我不能再把这串珠子挂在项上，拿不出手来了。是的，我的丈夫的道德使我换了一对眼睛，用我这对新眼睛看，我几乎有点后悔从前是那样的狂放了。我纳闷，为什么他——一个社会上的柱石——要娶我呢？难道他不晓得我的行为吗？是，我知道，我的身份家庭足以配得上他，可是他不能不知道在学校里我是个浪漫皇后吧？我不肯问他，不问又难受。我并不怕他，我只是要明白明白。说真的，我不甚明白，他待我很好，可是我不甚明白他。他是个太阳，给我光明，而不使我摸到他。我在人群中，比在他面前更认识他。人们尊敬我，因为他们尊敬他。及至我俩坐在一处，没人提醒我或他的身份，我觉得很渺茫。在报纸上我常见到他的姓名，这个姓名最可爱。坐在他面前，我有时候忘了他是谁。他很客气，有礼貌，每每使我想到他是我的教师或什么保护人，而不是我的丈夫。在这种时节，似有一小片黑云掩住了太阳。

阳光要是常被掩住，春天也可以很阴惨。久而久之，我的快活的热度低降下来。是的，我得到了光荣、身份、丈夫。丈夫，我怎能只要个丈夫呢？我不是应当要个男子么？一个男子，哪怕是个顶粗莽的、打我骂我的男子呢，能把我压碎了、吻死的男子呢！我的丈夫只是个丈夫，他衣冠齐楚、谈吐风雅，是个最体面的杨四郎，或任何戏台上的穿绣袍的角色。他的行止言谈都是戏文儿。我这是一辈子的事呀！可是我不能马上改变态度，“太太”的地位是不好意思随便扔弃了的。不扔弃了吧，我又觉得空虚，生命是多么不易安排的东西呢！当我回到母家，大家是那么恭维我，我简直张不开口说什么。他们为我骄傲，我不能鼻一把泪一把像个受气的媳妇诉委屈，自己泄气。在娘家的时候我是小姐，现在我是姑奶奶，做小姐的时候我厉害，做姑奶奶的更得撑起架子。我母亲待我像个客人，我张不开口说什么。在我丈夫的家里呢，我更不能向谁说什么，我不能和女仆们谈心，我是太太。我什么也别说了，说出去只招人笑话。我的苦处须自己负着。是呀，我满可以冒险去把爱找到，但是我怎么对我母家与我的丈夫呢？我并不为他们生活着，可是我所有的光荣是他们给我的，因为他们给我光荣，我当初才服从他们，现在再反悔似乎不大合适吧？只有一条路给我留着呢，好好地做太太，不要想别的了。这是永远有阳光的一条路。

人到底是肉做的。我年轻，我美，我闲在，我应当把自己放在血肉的浓艳的香腻的旋风里，不能呆呆对着镜子，看着自己消灭在冰天雪地里。我应当从各方面丰富自己，我不是个尼姑。这么一想我管不了许多了。况且我若是能小心一点呢——我是有聪明的——或者一切都能得到，而出不了毛病。丈夫给我支持着身份，我自己再找到他所不能给我的，我便是个十全的女子了，这一辈子总算值得！小姐、太太，浪漫、享受，都是我的，都应当是我的。我不再迟疑了，再迟疑便对不起自己。我不害怕，我这是种冒险、牺牲；我怕什么呢？即使出了毛病，也是我吃亏，把我的身份降低，与父母丈夫都无关。自然，我不甘心丢失了身份，但是事情还没做，怎见得结果必定是坏的呢？精明而至于过虑便是愚蠢。饥鹰是不择食的。

我的海上又飘着花瓣了，点点星星暗示着远地的春光。像一只早春的蝴蝶，我顾盼着、寻求着，一些渺茫而又确定的花朵。这使我又想到做学生的时候的自由，愿意重述那种种小风流勾当。可是这次我更热烈一些，我已经在别方面成功，只缺这一样完成我的幸福。这必须得到，不准再落个空。我明白了点肉体需要什么，希望大量地增加，把一朵花完全打开，即使是个雹子也好，假如不能再细腻温柔一些，一朵花在暗中谢了是最可怜的。同时呢，我的身份也使我这次的寻求异于往日的，我须找到个地位比我的丈夫还高的，要快活便得登峰造极，我的爱须在水晶的宫殿里，花儿都是珊瑚。私事儿要做得最光荣，因为我不是平常人。

我预料着这不是什么难事，果然不是什么难事，我有眼光。一个粗莽的、俊美的、像团炸药样的贵人，被我捉住。他要我的一切，他要把我炸碎而后再收拾好，以便重新炸碎。我所缺乏的，一次就全补上了，可是我还需要第二次。我真哭真笑了，他野得像只老虎，使我不能安静。我必须全身颤动着，不论是跟他玩耍，还是与他争闹，我有时候完全把自己忘掉，完全焚烧在烈火里，然后我清醒过来，回味着创痛的甜美，像老兵谈战那样。他能一下子把我掷在天外，一下子又拉回我来贴着他的身。我晕在爱里，迷糊地在生命与死亡之间，梦似的看见全世界都是红花。我这才明白了什么是爱，爱是肉体的、野蛮的、力的、生死之间的。

这个实在的、可捉摸的爱，使我甚至于敢公开地向我的丈夫挑战了。我知道他的眼睛是尖的，我不怕，在他鼻子底下漂漂亮亮地走出去，去会我的爱人。我感谢他给我的身份，可是我不能不自己找到他所不能给的。我希望点吵闹，把生命更弄得火炽一些。我确是快乐得有点发疯了。奇怪，奇怪，他一声也不出。他仿佛暗示给我——“你做对了！”多么奇怪呢！他是讲道德的人呀！他这个办法减少了好多我的热烈，不吵不闹是多么没趣味呢！不久我就明白了，他升了官，那个贵人的力量。我明白了，他有道德，而缺乏最高的地位，正像我有身份而缺乏恋爱。因为我对自己的充实，而同时也充实了他，他不便言语。我的心反倒凉了，我没希望这个，简直没想到过这个。啊，我明白了，怨不得他这么有道德而娶我这个“皇后”呢，他早就有计划！我软倒在地上，这个真伤了我的心，我原来是个傀儡。我想脱身也不行了，我本打算偷偷地玩一会儿，敢情我得长期地伺候两个男子了。是呀，假如我愿意，我多有些男朋友岂不是可喜的事。我可不能听从别人的指挥。不能像妓女似的那么干。丈夫应当养着妻子，使妻子快乐；不应当利用妻子获得利禄——这不成体统，不是官派儿！

我可是想不出好办法来。设若我去质问丈夫，他满可以说：“我待你不错，你也得帮助我。”再急了，他简直可以说：“干吗当初嫁给我呢？”我辩论不过他。我断绝了那个贵人吧，也不行，贵人是我所喜爱的，我不能因要和丈夫赌气而把我的快乐打断。况且我即使冷淡了他，他很可以找上前来，向我索要他对我丈夫的恩惠的报酬。我已落在陷坑里了。我只好闭着眼混吧。好在呢，我的身份在外表上还是那么高贵，身体上呢，也得到满意的娱乐，算了吧。我只是不满意我的丈夫，他太小看我，把我当作个礼物送出去，我可是想不出办法惩治他。这点不满意，继而一想，可也许能给我更大的自由。我这么想了：他既是仗着我满足他的志愿，而我又没向他反抗，大概他也得明白以后我的行动是自由的了，他不能再管束我。这无论怎说，是公平的吧。好了，我没法惩治他，也不便惩治他了，我自由行动就是了。焉知我自由行动的结果不叫他再高升一步呢！我笑了，这倒是个办法，我又在晴美的阳光中生活着了。

没看见过榕树，可是见过榕树的图。若是那个图是正确的，我想我现在就是株榕树，每一个枝儿都能生根，变成另一株树，而不和老本完全分离开。我是位太太，可是我有许多的枝干，在别处生了根，我自己成了个爱之林。我的丈夫有时候到外面去演讲，提倡道德，我也坐在台上。他讲他的道德，我想我的计划。我觉得这非常的有趣。社会上都知道我的浪漫，可是这并不妨碍他们管我的丈夫叫作道德家。他们尊敬我的丈夫，同时也羡慕我，只要有身份与金钱，干什么也是好的。

世界上没有什么对不对，我看出来了。

要是老这么下去，我想倒不错。可是事实老不和理想一致，好像不许人有理想似的。这使我恨这个世界，这个不许我有理想的世界。我的丈夫娶了姨太太。一个讲道德的人可以娶姨太太、嫖窑子，只要不自由恋爱与离婚就不违反道德律。我早看明白了这个，所以并不因为这点事恨他。我所不放心的是我觉到一阵风，这阵风不好。我觉到我是往下坡路走了。怎么说呢，我想他绝不是为娶小而娶小，他必定另有作用。我已不是他升官发财的唯一工具了。他找来个生力军。假如这个女的能替他谋到更高的差事，我算完了事。我没法跟他吵，他办得名正言顺，娶妾是最正当不过的事。设若我跟他闹，他满可以翻脸无情，剥夺我的自由，他既是已不完全仗着我了。我自幼就想征服世界，啊，我的力量不过如是而已！我看得很清楚，所以不必去招瘪子吃[①]。我不管他，他也别管我，这是顶好的办法。家里坐不住，我出去消遣好了。

哼，我不能不信命运。在外边，我也碰了，我最爱的那个贵人不见我了。他另找到了爱人。这比我的丈夫娶妾给我

① 招瘪子吃：找气受。

的打击还大。我原来连一个男人也抓不住呀！这几年我相信我和男子要什么都能得到，我是顶聪明的女子。身份、地位、爱情、金钱、享受，都是我的。啊，现在，现在，这些都顺着手缝往下溜呢！我是老了么？不，我相信我还是很漂亮；服装打扮我也还是时尚的领导者。那么，是我的手段不够？不能呀，设若我的手段不高明，以前怎能有那样的成功呢？我的运气！太阳也有被黑云遮住的时候呀。是，我不要灰心，我将慢慢熬着，把这一步厄运走过去再讲。我不承认失败，只要我不慌，我的心老清楚，自会有办法。

但是，我到底还是做下了最愚蠢的事！在我独自思索的时候，我大概是动了点气。我想到了一篇电影：一个贵家的女郎，经过多少情海的风波，最后嫁了个乡村的平民，而得到顶高的快乐。村外有些小山，山上满是羽样的树叶，随风摆动。他们的小家庭面着山，门外有架蔓玫瑰，她在玫瑰架下做活，身旁坐着个长毛白猫，头儿随着她的手来回地动。他在山前耕作，她有时候放下手中的针线，立起来看看他。他工作回来，她已给预备好顶简单而清净的饭食，猫儿坐在桌上希冀着一点牛奶或肉屑。他们不多说话，可是眼神表现着深情……我忽然想到这个故事，而且借着气劲而想我自己也可以抛弃这一切劳心的事儿、华丽的衣服，而到那个山村去过那简单而甜美的生活。我明知这只是个无聊的故事，可是在生气的时候我信以为真有其事了。我想，只要我能遇到那个多情的少年，我一定不顾一切地跟了他去。这个，使我从记忆中掘出许多旧日的朋友来：他们都干什么呢？我甚至于想起那第一个爱人、那个伴郎，他做什么了？这些人好像已离开许多许多年了，当我想起他们来，他们都有极新鲜的面貌，像一群小孩，像春后的花草，我不由得想再见着他们，他们必至少能打开我的寂寞与悲哀，必能给生命一个新的转变。我想他们，好像想起幼年所喜吃的一件食物，如若能得到它，我必定能把青春再唤回来一些。想到这儿，我没再思索一下，便出去找他们了，即使找不到他们，找个与他们相似的也行。我要尝尝生命的另一方面，可以说是生命的素淡方面吧，我已吃腻了山珍海味。

我找到一个旧日的同学，虽然不是乡村的少年，可已经合乎我的理想了。他有个入钱不多的职业，他温柔、和蔼、亲热，绝不像我日常所接触的男人。他领我入了另一世界，像是厌恶了跳舞场，而逛一回植物园那样新鲜有趣。他很小心，不敢和我太亲热了。同时我看出来，他也有点得意，好像穷人拾着一两块钱似的。我呢，也不愿太和他亲近了，只是拿他当一碟儿素菜，换换口味。可是，呕，我的愚蠢！这被我的丈夫看见了！他拿出我以为他绝不会的厉害来。我给他丢了脸，他说！我明白他的意思：我们阔人尽管乱七八糟，可是得有个范围；同等的人彼此可以交往，这个圈必得划清楚了！我犯了不可赦的罪过。

我失去了自由。遇到必须出头的时候，他把我带出去；用不着我的时候，他把我关在屋里。在大众面前，我还是太太；没人看着的时节，我是个囚犯。我开始学会了哭，以前没想到过我也会有哭的机会。可是哭有什么用呢！我得想主意。主意多了，最好的似乎是逃跑：放下一切，到村间或小城市去享受，像那个电影中玫瑰架下的女郎。可是，再一想，我怎能到那里去享受呢？我什么也不会呀！没有仆人，我连饭也吃不上，叫我逃跑，我也跑不了啊！

有了，离婚！离婚，和他要供给，那就没有可怕的了。脱离了他，而手中有钱，我的将来完全在自己的手中，爱怎着便可以怎着。想到这里，我马上办起来，看守我的仆人受了贿赂，给我找来律师。呕，我的糊涂！状子递上去了，报纸上宣扬起来，我的丈夫登时从最高的地方堕下来。他是提倡旧道德的人呀，我怎会忘了呢？离婚！呕！别的都不能打倒他，只有离婚！只有离婚！他所认识的贵人们，马上变了态度，不认识了他，也不认识了我。和我有过关系的人，一点也不责备我与他们的关系，现在恨起我来，我什么不可以做，单单必得离婚呢？我的母家与我断绝了关系。官司没有打，我的丈夫变成了个平民，官司也无须再打了，我丢了一切。假如我没有这一个举动，失了自由，而到底失不了身份啊，现在我什么也没有了。

事情还不止于此呢。我的丈夫倒下来，墙倒人推，大家开始控告他的劣迹了。贵人们看着他冷笑，没人来帮忙。我们的财产，到诉讼完结以后，已剩了不多。我还是不到三十岁的人哪，后半辈子怎么过呢？太阳不会再照着我了！我这样聪明、这样努力，结果竟会是这样，谁能相信呢！谁能想到呢！坐定了，我如同看着另一个人的样子，把我自己简略地、从实地、客观地，描写下来。有志的女郎们呀，看了我，你将知道怎样维持住你的身份，你宁可失了自由，也别弃掉你的身份。自由不会给你饭吃，控告了你的丈夫便是拆了你的粮库！我的将来只有回想过去的光荣，我失去了明天的阳光！